ESPUELAS Y SATÉN

VAQUEROS DEL RANCHO LENOX - 2

VANESSA VALE

1

DEBERÍA HABER ESTADO ESCUCHANDO el sermón del ministro ya que era un buen orador. El tema de la mañana sobre el perdón podría aprovecharlo de todo corazón, pero mi mente se concentraba en otro lugar. Dios no podía culparme realmente si Jackson Reed estaba sentado en el banco frente a mí. Debido a su gran tamaño, yo no podía ver al ministro sin inclinarme a la izquierda y chocar la cabeza con Caléndula. Podía simplemente cerrar los ojos y dejar que la palabra de Dios fluyera en mí, pero aproveché la oportunidad que Dios me daba para apreciar al hombre que había captado mi atención desde la primera vez en que puso un pie en nuestro rancho.

En ningún otro momento podría sentarme y mirar desvergonzadamente a Jackson, y menos aún desde tan corta distancia, porque entonces no solo él lo sabría, sino también mis hermanas, las seis que todavía vivían en la casa y que ahora se alineaban a lo largo del banco de la iglesia a cada lado de mí. A pesar de que trataba de mirar a Jackson disimuladamente, mis hermanas no eran tan sutiles. De hecho, a menudo se agolpaban en una ventana de la casa en parejas o tríos si él estaba a la vista.

El cabello de Jackson era muy rubio, muy rapado en los lados y más crecido en la parte superior, donde lo peinaba hacia la derecha. Aunque no podía verlo, sabía que le caía por encima de la frente y que estaba marcado por el pliegue del sombrero que tenía en su regazo. La piel de la nuca estaba bronceada y cuando él giraba ligeramente la cabeza hacia un lado, podía verle la mandíbula bien afeitada. Conocía el ángulo cuadrado, así como la línea larga de su nariz, su frente fuerte y sus ojos muy azules. Tenía ojos que cuando se concentraban en mí, no solo me veían, sino que *miraban* dentro de mí. Era muy desconcertante, y cada vez que Jackson me hablaba, me quedaba con la lengua atada y nerviosa.

Esta era la razón por la cual me tomaba la hora del sermón para apreciar los detalles de Jackson, que de otro modo no podría visualizar. Seguramente

Dios me daba esta oportunidad a propósito.

Observé la franela suave de la camisa azul, que seguramente combinaba con sus ojos, los vellos muy pálidos que invadían los lóbulos de sus orejas, visibles cuando el sol caía sobre él a la perfección desde las ventanas de la iglesia. Cuando inhalaba, podía captar un indicio de su aroma, como de menta y cuero.

Un empujón de Caléndula me sacó de mi ensueño cuando ella levantó y bajó las cejas al inclinar la cabeza hacia Jackson, diciéndome en silencio cuán atractivo era. No se necesitaban palabras, pues ella, Azucena y Lirio ya habían sonreído bastante por él desde que llegó hace dos meses atrás. En respuesta, tomé el cancionero de la parte posterior del banco y abrí la página que el ministro había mencionado. Cuando el piano empezó a sonar, no fueron las palabras de la canción las que se robaron mi atención, sino el barítono profundo que oía delante de mí cantando las palabras. Acababa de aprender una cosa más sobre Jackson Reed: cantaba muy bien.

Cuando el servicio terminó poco tiempo después, nos pusimos de pie y Caléndula se inclinó para susurrarme al oído:

—¿Tienes idea de qué se trató el sermón? —Se rio y fruncí el ceño. Esperé a que Azucena, del otro lado, saliera al pasillo y la seguí.

—Jackson, ¿te pareció instructivo el sermón? —preguntó Azucena. No era tímida cuando estaba cerca del hombre y no dudó en instalar una conversación; su interés en él era evidente. Estaba claro, al menos para mí, que Jackson no le devolvía el mismo interés, sino que le ofrecía respuestas obvias y neutrales.

Cuando él miró a Azucena y le sonrió, me dio celos en ese momento, porque le dio una sonrisa que ella no apreció. Ella lo *quería*, con toda seguridad, pero no entendía el valor de las atenciones de Jackson.

—¿Tienes a alguien a quien deberías estar ofreciendo perdón? —le preguntó él. Azucena salió al pasillo y él extendió la mano en un gesto de que debía seguirla. El resto de la banca de las Lenox se movió detrás de nosotros por el pasillo y la conversación se interrumpió hasta que volvimos a estar afuera.

—Debería perdonar a Azucena, porque tomó la cinta que le iba a colocar a mi sombrero —contestó Lirio.

—También usó mi jabón perfumado de lila —añadió Caléndula.

Azucena no se veía ni un poco arrepentida.

—Sí, pero fue un intercambio. Te di un poco de encaje para que le pusieras a

tu vestido nuevo *a cambio* de la cinta. —
Se volvió hacia Caléndula y señaló—.
Ese no es tu jabón, era mío para empezar. Lo compré para mi cumpleaños, así
que *yo* debería estar perdonándote a ti.

Las tres dieron vueltas en círculos,
discutiendo sobre quién tenía razón, y
Jackson quedó olvidado. Solo sonrió y
fue a reunirse con su padre que estaba
en los alrededores, al igual que yo, pero
al otro lado de nuestro gran grupo. Una
vez que todos le dieron las gracias al ministro en la puerta y se unieron a nosotros en el campo frente a la iglesia, la
señorita Esther golpeó sus palmas para
llamar la atención.

De las dos hermanas que habían sal-
vado a ocho huérfanas tras el gran incendio de Chicago, la señorita Esther era
mucho más pragmática y no permitía
ningún alboroto ni ninguna insolencia.
Por eso cortó la situación entre Azucena,
Lirio y Caléndula.

—Ustedes tres. —Las señaló—. La señora Thomas necesita ayuda con la comida. Busquen la manera de ser útiles, y muy lejos la una de la otra. —Le dio una mirada severa a cada una de las chicas, y aunque parecían arrepentidas de alguna manera, se marcharon susurrando entre sí mientras se dirigían al arroyo, a la zona donde se celebraba el picnic después de la iglesia. Los grandes árboles de algodón que seguían el agua serpenteante ofrecían la única sombra en kilómetros.

—Margarita y Amapola, vayan a ayudar con los juegos para los niños.

Asintieron y se fueron con mucho menos que hacer que sus hermanas.

—Dalia, puedes ayudarnos a traer la comida de la carreta.

La señorita Trudy dejó que la señorita Esther delegara las tareas mientras el grupo se acercaba a nuestra carreta por las canastas de comida que aportábamos al picnic. El Gran Ed caminaba junto a la señorita Esther y ambos acercaron sus cabezas mientras hablaban seriamente sobre algo. En ese momento, me di cuenta de que quedé sola con Jackson.

—¿No necesitan mi ayuda? —le grité. Traté de evitar el pánico de mi voz cuando le hice la pregunta a la señorita Trudy. Se volvió hacia mí y sonrió.

—Tenemos todo bajo control, Jacinta. Tú lavaste los platos del desayuno, así que puedes disfrutar del picnic.

En cuestión de un minuto, la señorita Esther había dirigido a toda la familia Lenox como si fuéramos un regimiento del ejército, con toda precisión y a toda prisa, y me dejó sola con Jackson. Mi corazón latía frenéticamente y las palmas de mis manos se humedecieron por mis nervios alterados. Miré hacia todas partes, excepto al enorme hombre a mi lado, y me aclaré la garganta.

—Buen día, señor Reed.

Cuando estaba a punto de girar y huir, él me tomó del hombro suavemente, me detuvo y me dio la vuelta. Era la primera vez que me tocaba después de haberme ayudado a bajar de la carreta en una o dos oportunidades. La sensación de su mano grande se sintió muy cálida, aun sobre la tela de mi vestido. Jadeé ante el contacto, no porque le tuviera miedo a él, sino porque tenía miedo de *mí misma*.

—Oh, no, Jacinta Lenox.

Incliné mi cabeza hacia atrás para mirarlo desde debajo del borde de mi sombrero. Él se había puesto el suyo y su rostro estaba en la sombra, pero aun así podía ver sus ojos azules claros.

—Esta vez no voy a dejar que te escapes.

—Yo no... me estoy escapando —contesté.

Quitó la mano y se inclinó, así que nos miramos a los ojos.

—¿No? Huyendo, entonces. Esperaba compartir el almuerzo contigo, si me invitas a hacerlo.

Permanecí en silencio. Era una estrategia que aprendí hace mucho tiempo, porque a menudo era mejor callar que hablar—. Tengo que preguntarte... —Su mano rozó los pequeños vellos que salían en su barbilla y me pregunté cómo se sentirían en mis propios dedos—. ¿Huelo mal?

Mis ojos se abrieron de par en par ante la pregunta.

—¿Que si hueles mal? —No podía decirle que olía deliciosamente a menta y a cuero. Sonaría ridícula.

—Cada vez que me acerco, huyes como un caballo asustadizo. Estoy pensando que tal vez hay algo malo conmigo. Tomé un baño justo esta mañana, pero quizás huela mal.

La idea de Jackson en una bañera, desnudo y frotándose jabón por su fuerte cuerpo hizo que me apretara el labio superior. Negué con la cabeza.

—No, no hueles mal.

Sonrió y me quedé sin aliento. Era el hombre más guapo que había visto en mi vida. Sabía que otras mujeres pensaban que John Mabry del pueblo era atractivo, y quizás tuvieran razón, pero Jackson hacía que el hombre pareciera uno más. Suspiré interiormente. Dudaba que encontrara a otro que me hiciera sentir como Jackson lo hacía.

—Bien —dijo—. ¿Entonces es por algo que haya hecho?

Negué con la cabeza porque el hombre no había hecho nada. Reaccioné ante él de la misma manera que siempre lo había hecho, con la misma atracción y ligero pánico por igual.

—¿Entonces no soy yo? —preguntó.

Negué con la cabeza otra vez.

—Bien. Estoy muy aliviado, Jacinta.

—Di un paso atrás, pero él agitó la cabeza—. No tan rápido. Si no soy yo, entonces eres tú.

Me puse la mano en el pecho.

—¿Yo? —chillé.

Ahora estaba *realmente* nerviosa, porque se acercaba demasiado a la verdad. Mientras anhelaba la atención que me brindaba, no podía permitir ningún gesto formal de su parte. Yo no podía casarme —no lo haría— y no era justo que Jackson me prestara algún tipo de atención. No la merecía. La culpa me acribillaba constantemente porque yo estaba viva y mi amiga Jane no. Tan solo eso era suficiente para evitar que saboreara cualquier tipo de placer. Jane se ahogó en el mismo arroyo, cerca de donde estábamos ahora, mientras que yo sobreviví. Ambas habíamos ido al agua a chapotear y jugar, pero yo fui la única que pudo salir. Desde la tumba, Jane no podía casarse, no podía tener una familia, nunca conocería el amor que hacía doler el pecho, el deseo, ni *nada* real. Si ella no podía tener nada de eso, entonces yo tampoco podría.

—Me estás evitando y el desaire debería parecerme grosero, sin embargo me parece encantador.

Fruncí el ceño y, para mi sorpresa, Jackson levantó el pulgar para frotar una mancha en mi frente que se arrugó en forma de V. Sus ojos sostuvieron los míos y no pude apartar la mirada. Quería hacerlo, pero... no pude.

—¿Encantador? —Me lamí los labios secos—. No lo entiendo.

Sus ojos se posaron en mi boca durante un breve momento.

—Tú no eres como las demás. Tu... encaprichamiento es obvio y tonto. Como bien sabes, no es recíproco. Por alguna razón, la única mujer que no quiere tener absolutamente nada que ver conmigo es la que me parece la más atractiva.

¿*Yo* le parecía atractiva? ¿Aun cuando podía tener a cualquiera de mis hermanas o alguna de las damas disponibles para casarse de la ciudad? ¿Jackson estaba interesado en mí? Tenía que haber algo malo con el hombre, pero no pude encontrar nada al mirarlo.

—No te comportas así con mi padre, con Jed Roberts o con Micah Jones. Solo conmigo.

Los hombres que mencionó eran amables conmigo. Uno era el hijo del propietario de la mercantil; el otro era el dueño de unas tierras y me había acompañado después de la iglesia unos meses atrás. Eran caballeros perfectamente buenos y capaces, pero no eran Jackson. No me hacían sentir como él lo hacía. Me alegraba no sentir nada por ellos, porque mi corazón no estaba en peligro. Pero Jackson... Lo arruinaba todo.

—Tu padre... y los otros, son muy amables.

—Por supuesto. Amables. Ningún hombre, sin embargo, quiere ser considerado *amable* por la mujer que corteja. Tú me tratas diferente, corres en la dirección opuesta a mí, te escondes detrás de los árboles para que no te vea...

Me sonrojé ardientemente, porque una vez me había escondido detrás de un árbol para evitar cualquier tipo de encuentro con Jackson. Creí que no me había visto, pero se lo había guardado para sí mismo.

—Jackson, me disculpo...

Puso su dedo sobre mis labios, silenciándome, y jadeé por la sorpresa del tacto. La yema de su dedo era suave, y quise besarla, incluso saqué mi lengua para probarla.

—No quiero una disculpa. Mi punto

—el cual parece que me estoy tardando demasiado en señalar— es que actúas de manera diferente conmigo, y me lleva a creer que estás tan intrigada por mí como yo por ti. —Apartó su dedo y abrí la boca para contradecirlo, pero él habló primero—Tengo la intención de cortejarte, Jacinta Lenox, y lo voy a lograr. Tú te has salido con la tuya por demasiado tiempo. No volverás a evitarme. Es hora de que averigüemos qué es esto –señaló entre los dos— y actuemos en base a ello.

Me sentía eufórica, halagada y culpable al mismo tiempo.

—Jackson, yo no puedo... no puedo aceptar tus atenciones, ni las de nadie más. —Miré los botones de su camisa, porque eran palabras duras y no podía decirlas si lo miraba a sus ojos serios. No podía ser feliz cuando la muerte de Jane fue mi culpa. El accidente pesaba mucho sobre mis hombros, y no era una carga que pudiera compartir con otra persona para que la llevara. Así que la sostendría y me negaría el placer de una vida que no merecía—. No puedo casarme. No lo haré, así que deberías encontrar a una mujer que esté interesada en eso, en *ti*.

Lo miré brevemente y vi su sorpresa, pero también un poco de rabia. Tenía los ojos entrecerrados y la mandíbula apretada. Quizás no le gustaba que lo rechazaran. No importaba. Sentí como si mi corazón hubiera sido arrojado al suelo y atropellado por una estampida de ganado.

—Adiós —susurré. Las lágrimas me obstruían la garganta y no me permitían nada más.

—Jacinta —gruñó Jackson.

Agité la cabeza y los botones de su camisa se nublaron cuando mis ojos se llenaron de lágrimas. Tenía que huir antes de hacer el ridículo.

—Elizabeth Seabury —solté—. Ella

tiene la mirada puesta en ti. Estoy segura de que estará encantada de compartir el almuerzo contigo. —No esperé a que me respondiera, sino que me volví y corrí, algo en lo que era muy, muy hábil.

2

JACKSON

JACINTA LENOX ERA la mujer más frustrante que conocí. También era la más hermosa. La primera vez que la vi fue la mañana siguiente a mi llegada al rancho. Mi padre y yo habíamos sido invitados a la casa grande para desayunar. Sabía que había nueve mujeres allí —una acababa de casarse y se mudó al rancho vecino—

y esperaba que la casa fuera caótica. Descubrí que las mujeres no se parecían en *nada* a un grupo de hombres, tras haber pasado doce años de mi vida en el ejército y saber que la hora de comer podía ser agitada en cualquier comedor o alrededor de una fogata cuando había mucha hambre.

Cuando entramos por la puerta trasera de la casa de las Lenox, fue como presenciar un tornado dentro de la vivienda. Dos personas servían la comida que se había cocinado en la estufa. Otras dos habían puesto la mesa mientras que otras dos se peleaban por el dobladillo de un vestido roto. Otras dos se arreglaban el cabello entre sí. ¡Y qué alboroto! El ruido era como nada que hubiera escuchado antes. Todas hablaban al mismo tiempo por encima del sonido de los platos y los utensilios que golpeaban la mesa. Y en el medio de todas esas locuras, con una sonrisa plácida en su rostro, estaba sentada Jacinta, quien cosía con calma, tranquilamente, el dobladillo de una falda por la que otras estaban discutiendo. Por un momento, me pregunté si sería sorda, porque el ruido no parecía molestarla en lo más mínimo.

El sol entraba por la ventana y la iluminaba. Su cabello de color caoba estaba recogido hacia atrás en un moño sencillo en la nuca. Su piel se veía notablemente pálida en contraste, y como miraba hacia abajo, no podía verle los ojos. No importaba, porque justo ahí supe que sería mía. No necesité que me mirara para saberlo, lo sentí en lo hondo de mis huesos. Definitivamente era amor a primera vista, tal como mi padre me había dicho que sucedió entre él y mi madre. Y cuando Jacinta levantó la cabeza, mis sentimientos se confirmaron. El hecho de que sus ojos estaban rodeados de pestañas asombrosamente largas fue irrelevante, pues se abrieron de par en par al verme. Sin duda me complació, pero cuando volvió la cabeza hacia la costura, supe que tendría mucho trabajo por delante.

Eso fue hace dos meses. Dos meses en que la única mujer que esperaba que se fijara en mí evitaba mi mirada. Demonios, Jacinta evitaba *todo* con respecto a mí. Cuando yo llegaba a algún lugar, ella se iba. Si yo estaba en el establo y ella buscaba un caballo, después decía que prefería caminar. Si llevaba comida a la cabaña, preguntaba por mi padre o por los otros hombres, no por mí. Incluso se escondía detrás de los árboles o se agachaba. No era el típico desinterés. Era una evasión total. Y ya había tenido suficiente.

—Pensé que Rosa había sido difícil de conquistar —dijo Chance Goodman mientras se acercaba a mi lado, hablando de su nueva esposa.

Los dos observamos a Jacinta que retrocedía hasta integrarse al grupo de mujeres en la mesa donde se disponía la comida horneada. Dudaba que mi amigo se hubiera fijado en el balanceo de sus caderas o en la forma en que el sol brillaba en su cabello oscuro, porque se casó hacía poco con Rosa tras reclamarla como suya. Yo, sin embargo, sí lo hice.

Estreché la mano de Chance para saludarlo, pues necesitaba apartar mis pensamientos del delicioso cuerpo de Jacinta; una erección en un picnic de la iglesia no era algo bueno. Chance y yo teníamos una altura comparable, pero yo era más ancho de hombros y pesaba veinte libras más. No era pequeño, sino que yo era *muy* grande.

—Ella es la más atractiva de todas —agregué, refiriéndome a las ocho chicas Lenox.

—Es la hermana favorita de Rosa.

Sabía que ninguna tenía lazos de

sangre entre sí realmente y que fueron adoptadas después del gran incendio de Chicago y criadas por las mujeres Lenox, pero eso no importaba. Las hermanas eran tan cercanas como podían; peleaban, discutían y se amaban como en cualquier otra familia. El hecho de que no hubiera hombres en el hogar solo hacía que las Lenox fueran más difíciles de entender. No se conformarían con un hombre, no a menos que quisieran. Diablos, no hacían *nada* que no quisieran hacer. No fueron necesarios dos meses para darme cuenta.

Chance creció en el rancho contiguo y era vecino de la familia Lenox desde que él y Rosa eran pequeños. Había estado enamorado de ella desde siempre, pero hizo algo al respecto hace solo unos meses y convirtió a Rosa en la primera chica Lenox que se casaba. Yo tenía la intención de convertir a Jacinta en la segunda.

—Rosa quiere que Jacinta sea feliz —
continuó Chance. No estaba seguro de si
esa felicidad me incluía o no, así que
permanecí en silencio—. Por lo tanto,
quiere que la *domes*.

Mi ceja se levantó.

—¿Rosa dijo eso? ¿Dijo que yo debía
domar a Jacinta?

Parecía horrorizado.

—Demonios, no. Si le dices a mi esposa que usé esa palabra, lo negaré hasta
el último aliento. —Su declaración revelaba que Rosa Lenox Goodman no estaba demasiado "domada", sin importar
que Chance dijera lo contrario—. Jackson, todos podemos verlo. La quieres.

No iba a negarlo.

—Sí.

—Y Jacinta te quiere a ti.

—Eso es discutible —respondí.

—Tú tienes los ojos puestos en Jacinta, y no eres el único, Rosa también.
Yo también. Puede que la *veas*, pero no-

sotros somos quienes vemos su reacción. Nada —me refiero a nada— la ha agitado en años. Tú eres lo único que la hace sonrojarse o poner sal en el pimentero.

—O caminar hasta tu casa en vez de dejarme ensillar un caballo para ella.

Chance se rio.

—Ciertamente.

—Creo que le he hecho algo para que me rechace tanto o tiene aversión al matrimonio en general. Al principio pensé que era lo primero, pero después de hablar con ella, creo que podría ser lo segundo.

—¿Ah, sí?

—Dijo que no puede casarse.

—¿No puede o no quiere? —preguntó Chance.

—Dijo que *no puede*. ¿Le pasa algo que yo no sepa? —Se veía perfectamente bien, más que perfectamente bien para mí. Incluso si pasara algo malo con ella,

no me importaría. La quería tal
como era.

—Maldita sea, lo sé. —Miró a la mul-
titud en silencio durante un momento—.
Sé que estuvo a punto de ahogarse en el
arroyo hace unos seis o siete años, pero
pudo salir de la corriente por sí misma.
Fue algo horrible que sucedió tras una
inundación repentina. No tuvo más que
golpes y lastimaduras, pero sé que ya no
se acercará al agua.

Al escuchar la tristeza en el tono de
Chance, supe que Jacinta tenía suerte
de estar viva. Pensar en que había estado en peligro, en que podría haber
muerto en el arroyo, y me dio escalofríos. Yo ni siquiera vivía en el Territorio
de Montana en ese momento, sino que
estaba asignado en un puesto fronterizo
que se ocupaba de las relaciones con la
indios en Dakota del Sur. Me hubiera
gustado haber podido salvarla yo
mismo.

—Evitar el agua y evitarme a mí no van de la mano.

Chance suspiró.

—Entonces supongo que tendrás que averiguar qué es.

—¿Cómo se supone que voy a averiguarlo si no se me acerca?

—Simple. Toma el control.

Me calmé y me tomé un momento para pensar.

—Demonios, tienes razón. He permitido que Jacinta me ignore. Dejé que controlara el ritmo, que decidiera cuándo y si quería estar cerca de mí, y mira a dónde me ha llevado eso.

A ninguna parte. Estaba acostumbrado a estar al mando, pero Jacinta era tan dócil, tan tranquila, que me preocupaba que mi habitual comportamiento dominante la ahuyentara. Tal vez fuera todo lo contrario. Quizás, con alguien fuerte pero amoroso, ella florecería, porque todo lo que veía en su rostro era lucha y tristeza que escondía muy bien, pero yo podía reconocerlo, porque yo también escondía mis propios problemas con habilidad. Me preocupaba que descubriera que estaba dañado, aunque no de una manera física, sino que mi mente padecía el tormento de lo que había visto y hecho en el ejército. Si Jacinta supiera de mis pesadillas —solo ocurriría una vez que nos casáramos y la tuviera en mi cama— probablemente tomaría la siguiente carreta para salir de la ciudad. No había manera de que no ocurrieran, las pesadillas llegaban sin invitación y duraban largas noches, y quizás se relacionaran con que, como fui dado de baja con honores, no dudaba en que pudieran volver a llamarme para el servicio, pues los francotiradores eran raros en Occidente y podían eliminar un objetivo sin iniciar una guerra total. Solo esperaba que nunca me quisieran de regreso.

Probablemente debería dejarla ir y encontrar a un hombre que no estuviera roto, que no tuviera la posibilidad de abandonarla si lo obligaran a volver al servicio, reclutado por un bien mayor. Necesitaba a alguien que no hubiera visto los horrores de la guerra provocada por el hombre blanco guiado por la avaricia o la codicia, pero no podía. No podía alejarme de Jacinta. No podía dejar que otro hombre la tuviera, la tocara, la follara y menos, la reclamara.

—¿Crees que la señorita Trudy y la señorita Esther me disparen? —le pregunté.

Chance cruzó los brazos sobre su pecho.

—¿Vas a hacer algo para que *yo* te dispare? Jacinta ahora es mi hermana, lo sabes.

Levanté mi mano.

—Puede que seas su cuñado, y aprecio tu postura protectora, pero no tienes que cuestionar mi honor en lo que concierne a Jacinta. Si quisiera a *cualquier* mujer, podría ir al burdel de la ciudad. Quiero a *Jacinta*.

Chance me dio una palmada en la espalda.

—Tienes mi apoyo, y en cuanto la señorita Trudy y la señorita Esther sepan lo que estás dispuesto a hacer, tendrás el de ellas también.

—Gracias —dije, con mi misión aclarada.

—Buena suerte. La vas a necesitar.

3

JACINTA

¡ESE MALDITO HOMBRE! Llenaba mis pensamientos despierta y ahora también se había apoderado de mi sueño. Me moví por la cocina poniendo la mesa para el desayuno como si tuviera una piedra en el zapato.

—¿Qué te ha pasado esta mañana? —me preguntó Lirio, tomando los platos

de mis manos y moviéndose a gran ve-
locidad.

Mis emociones eran mayormente ig-
noradas por todas hasta que Lirio se dio
cuenta. La señorita Trudy se volvió hacia
mí frunciendo el ceño y probablemente
se preguntó si estaría enferma. Dibujé
mi sonrisita habitual en mi rostro y respondí a la pregunta de Azucena.

—No dormí bien anoche.

—Jacinta, tienes una visita en el
porche —informó la señorita Esther.
Todas abandonaron sus tareas y me miraron. Azucena y Caléndula inclinaron
la cabeza para mirar por la ventana
trasera.

—¡Es Jackson! —susurraron entre
ellas y luego empezaron a reírse.

Jackson. Estaba agradecida de que
Lirio me quitara los platos de las manos
porque me empezaron a temblar. Las
junté frente a mí y fui tranquilamente —
al menos en apariencia— a la puerta tra-

sera y salí al porche. Allí, con el sombrero en la mano, Jackson esperaba pacientemente.

—Buenos días —dije.

Asintió y luego tomó mi codo.

—¿Nos alejamos de la casa? —Aunque lo había formulado como una pregunta, no estaba esperando que yo respondiera. Me hizo bajar los escalones y salir a la hierba antes de que tuviera la oportunidad de responder. Mirando por encima de mi hombro, vi a Azucena y Caléndula todavía en la ventana y la cabeza de Lirio asomándose de arriba abajo detrás de ellas como si estuviera saltando para poder mirar. Estaba agradecida de que Jackson entendiera la dinámica de mi familia y decidiera preservar lo que fuera que me iba a decir, lejos de mis hermanas entrometidas. Jackson se detuvo en mitad de camino al establo para que permaneciéramos a la vista, con su mano todavía en mi codo.

—No sé por qué *no puedes* casarte, pero me lo dirás.

No comenzó la conversación con cortesía, sino con lo que tenía en mente.

—Jackson...

—No espero que sea hoy, pero algún día. Mientras tanto, te cortejaré, Jacinta. No aceptaré un no por respuesta.

Las mariposas llenaron mi estómago y me sentí completamente perdida porque me abrumaba de muchas maneras. Físicamente, obvio. Tuve que poner mi mano por encima de mis ojos mientras lo miraba para bloquear el sol. Con un movimiento, me hizo girar para que el sol se posara en su rostro y no en el mío.

—Te mereces algo mejor. —Fue todo lo que se me ocurrió, porque no parecía aceptar un no por respuesta.

—Yo decidiré lo que me merezco. —Su voz era aguda y tenía un tono de ira.

—Pero...

Negó con la cabeza.

—No. No volverás a hablar de ti de una forma tan despectiva, porque no lo permitiré.

—Pero... —volví a balbucear y me cortó.

—Si lo haces, te arrojaré sobre mis rodillas.

Mi boca se abrió y no tuve palabras.

—¿Me... me azotarías?

—¿Piensas tan poco de ti misma? Absolutamente.

—Jackson, de verdad, no estoy...

Una de sus cejas se levantó.

—¿Realmente quieres terminar esa declaración y ponerme a prueba?

Me mordí el labio inferior. Me imaginé lo que seguiría a su amenaza con facilidad.

—Para empezar nuestro cortejo, nos encontraremos aquí, en este lugar, dos veces al día. Siete de la mañana y siete de la noche. Aunque tienes más chaperonas observándonos de las que necesitas, están demasiado lejos para que te preocupe que escuchen lo que hablamos, y tampoco tienes que preocuparte por tu virtud.

Mi corazón se ablandó en ese momento.

—No te tengo miedo, Jackson.

—Bien —contestó él, poniéndose las manos en las caderas. Debió de haberse afeitado, porque su cabello estaba húmedo y un aroma limpio a jabón emanaba de él—. Recuerda esto. Cortejar significa que pretendo casarme contigo, Jacinta. No voy a perder el tiempo, pero haré que te acostumbres a la idea de ser mi esposa.

Quería abrazar cada una de sus palabras, hundirme en ellas con euforia y el entusiasmo de que un hombre —este hombre— me quería, y que me quería lo suficiente para casarse conmigo. Eso era algo a lo que podía aferrarme, aun cuando tenía que rechazar su propuesta.

—Ayer te dije que no puedo casarme contigo y eso no ha cambiado.

—Lo recuerdo muy bien. También recuerdo que has hecho el papel de casamentera para Elizabeth Seabury. Si tuviera el más mínimo interés en esa mujer, ¿crees que te cortejaría a ti?

Su tono fue oscuro y me di cuenta de que había cuestionado su honor.

—Hay una cosa, amor —continuó. Mi aliento se atascó en mi garganta cuando usó esa palabra cariñosa—. Hay una gran diferencia entre *no poder* casarse y *no hacerlo*. Te veré aquí esta noche a las siete con tus primeras instrucciones.

—¿Instrucciones?

—Si te pidiera que me acompañaras a dar un paseo y a hacer un picnic, ¿me rechazarías?

Asentí.

—Lo haría.

—Entonces así es como cortejaremos. Nos conoceremos aquí. —Señaló el suelo entre nosotros—. Te veré a las siete de la noche. —Me apretó el codo rápidamente antes de girar y dejarme confundida, curiosa y preocupada.

—¿Tienes idea de lo que fue regresar a desayunar esta mañana? —le pregunté a Jackson, sin esperar a que saludara. El sol se estaba poniendo sobre las montañas lejanas cuando me encontré con él a las siete, tal como lo pidió.

Estaba erguido, con su sombra larga sobre la hierba, mientras miraba cómo me acercaba. Llevaba pantalones oscuros y una camisa diferente a la que vestía esta mañana. Cuando me detuve ante él, se quitó el sombrero. Tenía el ca-

bello húmedo y parecía que se había ba-
ñado antes de verme.

—Estás preciosa esta noche, Jacinta.

Me sonrojé ante sus palabras y
aparté la mirada, porque no estaba acostumbrada a los cumplidos, especialmente si venían de un hombre.

—No puedes cambiar el tema —respondí, tratando de no ceder a mi frustración, pero era difícil hacerlo cuando él
era tan educado.

Sonrió. *¡Sonrió!*

—Muy bien. Lo diré de nuevo más
tarde. ¿Qué le dijiste a tu familia cuando
regresaste para desayunar?

Crucé los brazos sobre mi pecho
porque estaba muy malhumorada.
Además de estar cansada, tuve que permanecer callada mientras mis hermanas me
acribillaron con preguntas, no solo durante el desayuno, sino durante todo el día.

¿Qué quiere Jackson?

¿Te besó?

¿Te dijo que te quería besar?

¿Lo hiciste enojar?

Se supone que tienes que coquetear con él, Jacinta, no cocerle un botón en su camisa.

¿Te preguntó por mí?

No tenía ningún interés en que Lirio, Caléndula o Dalia —todas revoloteando como pájaros— me arrastraran a una conversación de ese tipo, porque nunca entenderían por qué no podía devolverle las atenciones a Jackson. Dirían que estaba loca y que desperdiciaba las atenciones de un hombre perfectamente bueno. Quizás fuera verdad.

Cuando estaba por escaparme para encontrarme con él otra vez, después de lavar los platos de la cena, el bombardeo comenzó de nuevo. Agradecí que la señorita Trudy interviniera por mí y silenciara las preguntas delegándoles a mis hermanas las tareas por completar. Entonces me di cuenta de que nuestro lugar de encuentro había sido elegido sabiamente, pues todas mis hermanas entrometidas podrían estar ocupadas sin discernir nada, porque todo lo que haríamos era estar de pie y hablar, al menos hasta ahora.

Dudaba que Jackson planeara hacer lo que quisiera conmigo si estábamos expuestos en el exterior. Le dije que no le tenía miedo, y eso era verdad, hasta cierto punto. No sentía que fuera deshonroso, sino todo lo contrario. Tenía miedo de sus "instrucciones". Me había pasado todo el día pensando en esas palabras. Fue esa curiosidad, y el saber que vendría a la puerta y me llevaría a nuestro punto de encuentro si no aparecía, lo que me hizo venir al encuentro.

—Nada —dije, haciendo pucheros—. No les dije nada.

Inclinó la cabeza hacia un lado como para verme mejor.

—¿Ah, sí? ¿Y por qué?

—Lo que hablamos no es de su incumbencia.

—Así es, amor. Lo que hablamos, lo que hacemos juntos es para nosotros solos. Sé que estás acostumbrada a tener que compartir todo con ellas, pero no tienes que compartir lo que suceda entre nosotros con nadie más. No te lo permitiré.

Lo miré entornando mis pestañas, tratando de no fijar la vista en él directamente. Se sentía bien —más que bien, especial— saber que teníamos algo que nos pertenecía solo a nosotros. Eran simples palabras las que cruzábamos, pero sentí la conexión muy intensamente, porque era algo que nunca había tenido antes. Estar aquí con Jackson me pertenecía, no era algo para mí *y* mis seis hermanas. Me gustaba saber que no importaba cuánto me pidieran los detalles las demás, este momento con Jackson era solo nuestro.

—Ni siquiera me dejas intentar cortejarte apropiadamente, porque si lo hiciera, me impondrías a la señorita Seabury, así que lo haremos de otra manera. ¿Tienes un espejo en la casa?

Fruncí el ceño.

—¿Un espejo?

Asintió.

—Uno de tamaño grande.

—En el baño. No es de tamaño grande, pero es lo suficientemente alto.

—Bien. Esta noche quiero que te quites toda la ropa y te pares frente a él.

Mis ojos se abrieron de par en par.

—¿Disculpa?

—Te quiero desnuda, amor, frente al espejo.

—¿Por qué? —pregunté, dando un paso atrás. Nunca me había hablado así antes. Acercó su mano y tomó mi mano en la suya, sentí el calor, las callosidades que hacían áspera su piel.

—Porque eres hermosa y quiero que

lo veas. Apuesto a que ni siquiera te miras el cuerpo, ¿verdad? —Mis mejillas se sonrojaron por el tema de la conversación—. ¿Lo haces? —insistió. No iba a dejar que me escondiera o evadiera la respuesta. Con todas mis ruidosas hermanas era fácil hacer justamente eso, incluso a simple vista. No podía responder, ya que el asunto me ponía incómoda y era completamente desconocido. Así que me quedé callada y negué con la cabeza. Jackson se inclinó y quedó a la altura de mis ojos, para asegurarse de que lo mirara—. Cuando te vea por la mañana, me dirás el color exacto de tus pezones.

La boca se me cayó y mis pezones se apretaron ante la idea. Nunca lo habían hecho antes, y la sensación era tan impresionante e ilícita como sus palabras.

—¡No deberíamos hablar así! —le dije.

—Sí, deberíamos, porque hablaré de tu cuerpo y del mío, franca y abiertamente de ahora en adelante —replicó—. Mañana por la mañana a las siete, amor. Estaré adivinando el color toda la noche.

Levantando mi mano a su boca, rozó sus labios en mis nudillos y luego la soltó. Dio un paso atrás, me guiñó un ojo, se giró y se marchó. Otra vez.

¿Cómo podría volver a entrar? Seguramente mi familia sabría de lo que hablamos, aunque resultaba imposible. ¿Podrían leer las palabras en mi rostro? ¿Podrían saber que mis pezones estaban duros debajo de mi corsé? ¿Sabrían que estaba tan horrorizada como intrigada por las palabras de Jackson? Tenía que pasar algo conmigo, y eso me asustaba. *Jackson* me asustaba.

No podía quedarme mucho rato allí, así que entré. Cuando las demás me rodearon para hacerme las preguntas de siempre, no pude soportar el ruido y la molestia. Todo era abrumador, el alboroto, las palabras de Jackson, cómo me hicieron sentir, cómo me hizo pensar, era demasiado. Todo lo que pude hacer fue gritarles "¡déjenme en paz!", mientras corría por las escaleras para dejarlas a todas atrás.

El hecho de que no escuchara nada de ellas en respuesta me hizo comprender cuán sorprendidas estaban por mi arrebato.

Me asombré de mí misma cuando no me dirigí a mi cuarto, sino al baño, donde cerré la puerta detrás de mí y me volví para ponerme de pie frente al espejo. Después de considerarlo por unos momentos, empecé a desabrochar los botones de mi vestido.

4

ACKSON

ME PREOCUPABA HABER PRESIONADO
DEMASIADO a Jacinta, pero si alguien necesitaba un pequeño empujón en la dirección correcta, esa era ella. Rosa pudo
haber sido contraria y testaruda con
Chance cuando la cortejaba. Pero
cuando una mujer era dócil, suave y no
le gustaba la confrontación de ningún

tipo, como era el caso de Jacinta, era casi imposible. Podría arrojarla sobre mi hombro, llevarla a la iglesia y casarme con ella, pero no sería porque ella realmente lo quisiera. En lugar de eso, sería porque tendría miedo de herir mis sentimientos o de hecho, sería admitir que tenía alguno propio.

Así que casi la desafié para que regresara por la mañana, y esta vez sería para compartir conmigo el color de sus pezones. Anhelaba la respuesta. Diablos, mi pene no estaba seguro de si podría tomar este modelo alternativo de cortejo. A mi pene le gustaba mucho más la idea de poner a la mujer encima de mi hombro. Pero poner a Jacinta debajo de mí *sucedería*. Solo tomaría un poco de tiempo. El solo hecho de pensar en ella cuando se desnudara y se pusiera frente al espejo mantuvo a raya cualquier pesadilla. Si no se encontraba conmigo como le pedí, tendría que considerar el hecho de que tal vez no estaba tan interesada en...

El sonido de sus pasos —pesados y quizás con temor— en las escaleras traseras me apartó de mis pensamientos. Llevaba puesto un vestido azul pálido que hacía que su piel pareciera de porcelana, pero el color intenso de sus mejillas revelaba su angustia.

—Buenos días —me dijo con voz formal una vez que se detuvo delante de mí. Juntó sus manos y las colocó sobre su vientre.

Me quité el sombrero y me pasé una mano por el cabello, empujándolo para que no cayera en mi frente.

—Estás hermosa, Jacinta.

Diría esas palabras una y otra vez, hasta que ella me creyera, sin importar cuánto tiempo le tomara. No me miró a los ojos, pero tampoco miró para otro lado.

—El clima está agradable —contestó

ella. Sonreí, porque siempre era diplo-
mática, y se estaba demorando en llegar
al punto.

—En efecto. Yo pasaré el día mar-
cando ganado y considerando tu respuesta a mi petición de anoche.

Me miró con una expresión sombría
en el rostro. Jacinta hacía que la simple
tarea pareciera tan ardua como si le hubiera pedido que fuera a matar a una de
sus hermanas con una cuchara de sopa.

—Tengo que irme. La señorita Trudy
me necesita para pulir la plata.

Aunque no pensaba que Jacinta min-
tiera, tampoco creía que dijera toda la
verdad.

—¿Exactamente cuándo te pidió la
señorita Trudy que pulieras la plata? —
Su boca se abrió ante mi pregunta, pues
ciertamente quedó atrapada—. ¿El in-
vierno pasado? —Añadí cuando ella no
quiso responder.

—No puedo decirte... —Se inclinó

hacia mí y capté el aroma de lilas—. Lo que me pides...

Hablé en voz baja, forzándola a permanecer cerca. Desde esta distancia podía ver pecas en su nariz.

—¿Por qué no?

—Es impropio. —Ya no estaba hablando sobre pulir la plata. No pude evitar tocarla para sentir la suavidad de su piel, así que rocé mis nudillos en su mejilla.

—No lo es entre tú y yo.

—Jackson —me regañó, pero volvió su mejilla hacia mi tacto y vi cómo su piel se ponía roja con el contacto.

—¿De qué color son, amor? —Negó con la cabeza—. ¿De qué color? —repetí con insistencia.

—¡Rosado pálido! —gritó, y luego se cubrió rápidamente la boca con los dedos como si se hubiera sorprendido a sí misma.

Mis ojos se abrieron de par en par

ante su arrebato más que por la respuesta misma.

—Eres una buena chica, Jacinta —le acaricié la mejilla otra vez—. Estoy muy orgulloso de ti.

Una lágrima se le escapó del rabillo del ojo y tragó saliva.

—¿Por qué? ¿Por qué pensarías eso?

—Porque hiciste algo atrevido, algo que era solo para mí. Aún más por levantar la voz.

Se limpió las lágrimas.

—¿Te *gusta* que haya levantado la voz?

—Tú *nunca* gritas, amor, así que es bueno ver que tienes emociones reales.

—¿Crees que yo no *siento*?

Su aroma suave, dulce y tan florido como su nombre, flotaba en el aire. Fue suficiente para ponerme duro, solo con una pizca. Por supuesto, haber tratado de adivinar el color de sus pezones hizo que tomara mi pene con la mano la noche anterior, pero ¿ahora? Ahora que *sabía* que eran de color rosa pálido, tendría que irme a montar un caballo con una erección.

—Creo que sientes, pero creo también que no compartes tus sentimientos con nadie. Me gusta que compartas la ira conmigo. Tienes que compartirlo todo conmigo. —No parecía que la idea la hubiera calmado, sino que la dejó cautelosa. Había una razón por la que era tan reservada, pero yo acababa de demostrarle que esa no era su verdadera naturaleza. Era hora de presionarla una vez más—. Quiero que sepas algo. Mi pene estará todo el día pensando en tus senos perfectos. En cuanto a ti, vuelve al espejo, cariño. Quítate toda la ropa otra vez.

—¡No puedo estar desnuda durante el día!

Puse mi mano en su hombro y sentí

su calor, sus delicados huesos bajo mis dedos.

—Sí, sí puedes. Quítate toda la ropa —repetí—. Mira tu cuerpo en el espejo y esta vez tócate en todas partes, hasta que tu vagina esté resbaladiza y mojada. Esta noche a las siete, me vas a decir lo que hiciste para que eso ocurriera.

—Yo... no sé a qué te refieres —contestó Jacinta, pero por el rubor en sus mejillas consideré lo contrario.

—Quiero saber qué te pone caliente. Haz lo que te digo, Jacinta, y te veré a las siete. —Dejé caer mi mano y quedó con la boca abierta, sorprendida por mi brusquedad, porque no le di tiempo para discutir.

Pensaría en esos labios deliciosos abiertos alrededor de mi pene. Iba a ser un largo día.

～

—¿Qué le estás haciendo a la pobre Jacinta? —Me giré al escuchar la voz de mi padre quien salía de uno de los establos con una horquilla en la mano. El establo estaba fresco y tenuemente iluminado, el olor a heno y caballos era pesado en el aire de la mañana. Mi única respuesta fue levantar una ceja—. Llevas aquí dos meses y has estado fantaseando con esa chica desde que la viste por primera vez.

Todos conocían a mi padre como el Gran Ed, pues era grande, pero yo era más grande aún. Después de dejar el ejército, no había duda de que lo acompañaría aquí en el rancho Lenox. Había vivido suficientes aventuras —buenas y malas— para que me duraran toda la vida y quería establecerme. Esperaba encontrar una mujer que me calentara la cama y el corazón, pero no esperaba que ocurriera tan rápido.

—Jacinta es la indicada, papá. No hay duda.

—La tienes ruborizada, con la lengua atada y más confundida que a sus hermanas.

—Necesita un poco de confusión —respondí.

Me miró atentamente.

—Jodidamente cierto. ¿Crees que eres el indicado para hacerlo?

—Por supuesto.

Sus ojos se entrecerraron.

—¿No estás preocupado?

Sabía de lo que hablaba. Mis pesadillas lo habían despertado una o dos veces desde que llegué al rancho.

—Jacinta merece encontrar a un hombre que no se despierte por la noche con sudor frío al revivir el pasado, pero de ninguna jodida manera dejaré que otro la tenga. Ella es mía, papá.

—Tal vez puedan ayudarse mutuamente. —Sus palabras estaban llenas de esperanza, así que no quise contradecirlo, aunque yo no estaba tan esperanzado.

—Tal vez —respondí.

—Bien. Entonces continúa. —Se giró y volvió al establo.

—¿Papá? —llamé.

Asomó su cabeza por la puerta abierta.

—¿Y si soy demasiado duro con ella? —le pregunté—. No quiero asustarla.

Salió del establo con su habitual paso largo y se acercó a mí, luego me dio una palmada en el brazo.

—Sabrás la diferencia. Demonios, no vas a golpear a la mujer. —La idea de que alguien le pusiera una mano encima a Jacinta hizo que mi mandíbula se apretara—. Jacinta quiere salir de su pequeño y seguro mundo, pero no lo hará sin que alguien la guíe —dijo—. Mira a Rosa. Ella quería tener su propio rancho, pero necesitaba que Chance le hiciera ver que tenía que ser con él. Siempre había sido con él. Ella sabía lo que quería y sí que *salió* de su mundo seguro. Para Jacinta, tú has asumido esa tarea, por lo tanto, vas a tener que empujarla más allá de cualquier temor que tenga, mientras le dices que estarás allí para mantenerla a salvo, para atraparla si se cae. La razón por la que Rosa florece es porque Chance está ahí y deja que estire sus alas, pero evita que se rompa ese maldito cuello al mismo tiempo. —Se pasó una mano por la cara—. No soy un experto en mujeres, pero creo que eso es lo que realmente quieren, un hombre que esté ahí para atraparlas si se caen.

Puede que mi padre no se considerara un experto en mujeres, pero me di cuenta entonces de que su matrimonio sólido con mi madre demostraba lo contrario.

Pensé en sus palabras mientras hacía mi trabajo. ¿Jacinta estaba atrapada y gritaba secretamente para salir? Las mujeres no tenían las mismas libertades que los hombres, no podía salir y aventurarse si lo soñaba, no sin un acompañante. Había pocas oportunidades de trabajo y no se ajustaban a la naturaleza de Jacinta. Ella ciertamente no quería usar pantalones y dirigir un rancho como lo hacía Rosa. Puede que fuera una buena maestra de escuela, pero tenía bastantes hermanas para mantener ese deseo al mínimo. Hasta que se casara, permanecería en el rancho Lenox, sentada tranquilamente mientras su familia la abrumaba y sofocaba. Estaba perdida en la locura.

¿Quería aventuras? ¿Cuáles *eran* sus sueños? No los conocía, pero iba a averiguarlo. Quería liberarla, pero para hacerlo, ella tenía que *quererlo*. No me refería a la vida solamente, sino también al dormitorio. Jacinta era una mujer apasionada, aunque lo ocultara muy bien, y yo sabía cuál era verdad. Tenía que despertar ese deseo agudo en ella para que una vez que nos casáramos, liberara su cuerpo también. Cuando folláramos, nada nos detendría. Le mostraría todo lo que podía haber entre un hombre y una mujer, y luego más. Solo tenía que esperar que mis pelotas no me dolieran mientras tanto.

5

JACINTA

MIS MANOS RECORRIERON MI CUERPO, la curva de mis caderas, la ligera curva de mi vientre, para que luego mis dedos sintieran las pequeñas hendiduras por encima de mi trasero. Me volví hacia el espejo y miré por encima de mis hombros. Parecían hoyuelos. Mis piernas eran largas y estaban razonablemente

bien formadas; no necesitaba un corsé para favorecer mi pecho, ya que era lo suficientemente amplio por sí solo. Me había visto desnuda antes cuando pasé por el espejo del baño de camino a la bañera. Sin embargo, solo había sido de pasada, sin detenerme a estudiarlo completamente. Tenía una marca de nacimiento en la parte interior de mi muslo derecho, un contraste oscuro con la piel pálida allí. Los rizos que escondían mi feminidad eran ligeros y tan oscuros como el cabello de mi cabeza, el cual me llevaba recogido en un moño bien ajustado, pero cuando lo soltaba, colgaba casi hasta esos hoyuelos que recién descubrí.

Evité tocarme los senos o la parte entre los muslos, porque nunca lo había hecho. Nunca antes les había prestado mucha atención a mis pezones, al color o a la forma en que se apretaban en respuesta a la voz de Jackson y a las palabras que dijo. Estaban sensibles y sujetados fuertemente por debajo de mi corsé, tanto que casi estaban irritados en su reclusión. Ahora, mientras me miraba y pensaba en lo que Jackson quería que hiciera, pasaron de suaves montículos a picos apretados. No pude evitar cubrirme los senos, sentir el ligero peso de ambos y rozar los pezones doloridos con mis pulgares. Sentí el calor del tacto, especialmente cuando cambié la idea de que eran mis manos las que me tocaban a las de Jackson. Ese relámpago de placer se disparó a la zona entre mis piernas y me dolía allí también. Cuando apreté los músculos en lo profundo de mí, no me ayudó. De hecho, mi cuerpo quería mis manos —las manos de Jackson— allí.

Mirando la puerta, me aseguré de que el cerrojo estuviera girado en la cerradura, escuché atentamente si había cualquier pisada en el pasillo o alguien que subiera las escaleras, y luego le di la espalda a la puerta, como si eso fuera a esconderme. Deslicé mi mano por debajo de mi ombligo y a través de los rizos. Más abajo todavía, pasé los dedos por encima de mi carne de mujer. Me había tocado allí antes al bañarme, pero nunca lo había hecho de pie frente a un espejo, no tenía una razón para hacerlo. El hecho de que mi único razonamiento ahora era porque Jackson insistió, seguramente me volvió loca. De alguna manera, y por alguna razón, quería complacerlo.

No había hecho nada para que tuviese miedo de él; no me había tocado de ninguna manera inapropiada. Que él me indicara que lo hiciera por mí misma, en privado, debería haber estado mal, pero en realidad ya no me importaba. Por una vez, estaba siendo traviesa, atrevida y se sentía... bien. Emocionante. Quizás por eso lo hacía, porque Jackson era el primer suceso emocionante que se me había cruzado en mucho tiempo, si no era que nunca. ¿Fue porque era una novedad o porque era Jackson?

Él dijo que quería saber qué hacía que mi vagina estuviera resbaladiza y mojada. No tenía la menor idea de lo que era mi vagina, pero ahora que había jugado con mis pezones, tenía una idea, porque mi feminidad se sentía resbaladiza, los rizos de allí estaban húmedos y mis muslos cubiertos de excitación. Cuando moví mi mano más lejos, los pliegues que toqué estaban hinchados y muy pegajosos. Levanté los dedos y los vi cubiertos de un líquido claro y ligeramente resbaladizo, debía de ser lo que Jackson sugirió, pero no sabía la razón por la cual lo hizo.

Puse mi mano entre mis piernas de nuevo y la moví alrededor, aprendiendo mis curvas, mis relieves y lugares secretos. Sin más encontré un lugar que me hizo jadear, porque cuando lo froté con las yemas de los dedos, una ráfaga de placer ardiente me atravesó y mis rodillas casi se doblaron. Sentí la humedad que se derramaba y me incliné hacia atrás, encontré la fuente de placer y hundí los dedos en lo profundo.

Un jadeo se escapó de mis labios y moví los dedos de un lado a otro entre el pequeño relieve del exterior y la profundidad del interior. Hasta la habitación se calentó bastante, y sentí que mi cabello se adhería a mis sienes con sudor, pero no me importó. Cuando escuché una puerta que se cerró abajo, me asusté y miré hacia arriba, pude ver mi reflejo en el espejo. Era completamente libertino, mostraba mi mano entre mis piernas abiertas, que frotaban y acariciaban la carne que despertaba al placer que jamás pensé que existiría. Mis mejillas estaban sonrojadas, mi frente húmeda, mis ojos demasiado brillantes. Al darme cuenta de lo que estaba haciendo, eché la mano hacia atrás y me puse derecha, agarré mi ropa del suelo y me vestí rápidamente.

¿Qué estaba haciendo? No debería estar sintiendo este tipo de placer. Reprendí mi comportamiento ridículamente atrevido en silencio, pues no debía sentir *nada*. Tan solo hablar con Jackson me había incitado a hacer cosas ridículas, pero al mismo tiempo cosas que me hacían sentir increíblemente bien. ¿Estaba mal si se sentía tan delicioso? Si mis manos en mi cuerpo me hacían sentir así, ¿cómo sería si fueran las manos de Jackson? Gemí ante la idea.

Un golpe en la puerta hizo que mis dedos tropezaran con los botones de mi vestido.

—¡Un momento! —grité.

Cuando finalmente estuve presentable, después de una última confirmación en el espejo, abrí la puerta. La señorita

Trudy estaba de pie esperándome en el pasillo y me miró.

—¿Estás bien, querida? —me preguntó. El bullicio de la preparación de la cena se filtró hasta nosotras. Me ruboricé ardientemente porque casi me descubrió haciendo algo tan decadentemente malo.

Me pasé la mano por el cabello.

—Sí, estoy bien.

Entrecerró los ojos.

—Estás muy sonrojada. ¿No te vas a enfermar de algo?

Negué con la cabeza, pensando exactamente por qué había tanto color en mis mejillas.

—No, me siento bien. Es un día cálido.

—¿Te gustaría hablar de Jackson?

Al escuchar su nombre me sonrojé más.

—Todos sabemos que te visita por

unos minutos cada mañana y cada noche. Está siendo un caballero.

No era una pregunta, porque ella sabía que él no se había aprovechado de mí, estando expuestos como lo estábamos.

—Sí, por supuesto.

Su mirada se movió sobre mí una vez más como si supiera lo que había estado haciendo con mi cuerpo yo misma.

—Hemos hablado con todas ustedes sobre lo que pasa entre un hombre y una mujer, al menos hasta cierto punto. — Ella y la señorita Esther nos habían dicho, sin tapujos, cómo un hombre tenía relaciones con una mujer. Cuando era más joven dudé de sus palabras, pero ahora sabía que fueron las correctas—. Pero no les hablamos de los sentimientos que lo acompañaban. Cuando encuentres al hombre adecuado, lo sabrás. Tu cuerpo lo reconocerá. Cambiará.

—¿Cambiar?

Ella sonrió.

—No cambiar en el sentido físico, pero despertará ante su voz, su tacto o al pensar en él.

Quizás era una lectora de mentes después de todo.

—Muy bien, señorita Trudy. —Quería que la conversación terminara porque el tema estaba demasiado cerca de la verdad para mi comodidad. ¿Qué pasaría si supiera lo que había estado haciendo?

—Está bien que Jackson sea atento, Jacinta. Está bien que él te quiera a ti y que tú lo desees a él a cambio. No está mal.

Mi boca se cayó.

—¿En serio?

Negó con la cabeza.

—Es natural. Jackson es el hombre para ti, igual que Chance lo es para Rosa.

—¿Estás diciendo que debería acostarme con él? —susurré, mirando por el pasillo hacia las escaleras, temiendo que las demás escucharan mis palabras.

—Si lo amas y él te ama a ti.

Esas palabras me trajeron de vuelta a mi realidad, mi realidad llena de culpa y sin placer.

—No. No lo amo. Yo no amaré a nadie.

El rostro de la señorita Trudy se suavizó con algo parecido a lástima.

—Jacinta, ¿crees que no eres adorable? ¿Que no eres digna?

Levanté la barbilla y pensé en Jane. Jane, que nunca conocería los propios placeres provocados por su cuerpo o los secretos compartidos con un hombre.

—No soy digna, señorita Trudy. Si hay alguna atracción por parte de Jackson, debería buscar en otro lugar. Le dije que Elizabeth Seabury sería una buena pareja para él. —Me aclaré la garganta porque me sentía melancólica, por unos minutos en el baño me había olvidado de mí misma—. Estoy segura de que el maíz necesita que alguien lo limpie para la cena.

La señorita Trudy, afortunadamente, no me detuvo cuando bajé a la cocina. Me paré ciegamente sobre una canasta y pelé oreja tras oreja de maíz mientras mis hermanas hacían sus partes preparando la cena juntas. Solo unas pocas visitas con Jackson bastaron para que me sintiera peor que nunca, tras haber encontrado una pista de cómo era la relación entre un hombre y una mujer, de lo que mi cuerpo podría sentir al ser despertado de su letargo, pero sabía que estaba mal. Estaba mal que yo sintiera algo, y de pronto recordé una bóveda que había visto en el banco, empujé mis sentimientos a un lugar similar, hacia adentro y cerré la puerta. Sabía que si me reunía con Jackson después de la cena como él me había pedido, sería cada vez más difícil que pudiera resistir.

Así que en lugar de encontrarme con él en medio del campo, me senté en el suelo junto a la ventana de mi habitación y miré hacia afuera, esperando escondida a que el hombre parado allí se fuera. Moría de necesidad por salir a su encuentro, pero no podía. Seguramente sería más fácil resistirse a él ahora que mañana.

Cuando se dio cuenta de que no iría a verlo, se puso el sombrero en la cabeza, se dio la vuelta y se marchó a su casa. Ver que se alejaba hizo que mi garganta se atascara con las lágrimas sin derramar, con mi corazón roto. Quizás ahora Jackson se centraría en Elizabeth Seabury para susurrarle sus palabras al oído y preguntarle de qué color eran *sus* pezones. Con tristeza me acerqué a mi cama, subí y me tiré las sábanas por arriba de la cabeza. Tan silenciosamente como fuera posible, dejé caer las lágrimas hasta que no me quedó ninguna. Solo entonces me quedé dormida con el rostro de Jackson invadiendo mis sueños.

~

JACKSON

CUANDO ME DI cuenta de que Jacinta no se iba a encontrar conmigo, me enfurecí, no con Jacinta, sino conmigo mismo. Mientras jugueteaba con el borde de mi sombrero, asumí que la había presionado demasiado, tal como esperaba. A pesar de los consejos de mi padre, Jacinta no respondió a mi comportamiento intencionado y la había asustado. Entonces, cuando el sol cayó detrás de las montañas y volví a la casa, me di cuenta de que *no* necesitaba asustarla, porque ella se había asustado a sí misma. Simplemente, estaba petrificada por algo.

Qué, no tenía ni idea, pero iba a ave-riguarlo.

A la mañana siguiente, cuando llegué a la puerta trasera, la vi dentro de la agitada cocina. Tenía manchas os-curas bajo los ojos hinchados. O lloró toda la noche o lloró hasta quedarse dor-mida, y todo había sido por mi culpa. La señorita Trudy se acercó a la puerta, lim-piándose las manos en el delantal. El aroma del tocino y de las patatas fritas salió por la puerta abierta.

—Buenos días, Jackson. Espero que estés aquí por las carretas para la ciudad.

Nunca antes había ido a la casa a ha-blar de ello, solo enganchaba los caba-llos a dos carretas para que todas las mujeres pudieran ir a la iglesia. Parecía que tenía una aliada en mi intento de cortejar a Jacinta, pues la señorita Trudy podría haberme preguntado si estaba aquí para verla y no lo hizo. Por la forma en que me había rechazado la noche anterior y lo miserable que se veía ahora, sabía que me recibiría solamente en el porche, y solo porque era educada.

—Sí, señora. —Me quité el sombrero mientras hablaba.

—Necesitaremos dos carretas, por favor —dijo mientras arqueaba una ceja, y luego habló en voz alta para que su voz se escuchara—. Jacinta se quedará en casa el día de hoy.

Miré a su alrededor para ver a Jacinta una vez más. Doblaba servilletas y no me miró a los ojos.

—¿Quizás te sientes con la señorita Seabury durante la mañana de hoy? —preguntó la señorita Trudy. Aunque no podía ver a Jacinta detrás de ella, *observé* que estaba visiblemente rígida y escuchando atentamente, pues aplastó una servilleta con su mano. Al darse cuenta de su acción, tuvo que alisarla sobre la mesa antes de volver a doblarla.

—Tal vez —le contesté. Cuando Jacinta salió apresuradamente de la cocina, supe que estaba enfadada. Le ofrecí una pequeña sonrisa de agradecimiento a la señorita Trudy—. Tal vez me quede aquí.

—Haz lo que creas que es mejor — contestó ella.

Abrí los ojos de par en par ante sus sorprendentes palabras. Me estaba dando su permiso, su aprobación, para reclamar a Jacinta, para visitarla sin acompañantes.

Asentí y me puse el sombrero en la cabeza.

—Tendré las carretas listas.

Dos horas más tarde, observé cómo las carretas —y las mujeres Lenox— desaparecían por encima de la pequeña elevación del terreno antes de girarme para mirar la casa. En algún lugar dentro estaba Jacinta. Llamé a la puerta trasera como siempre, pero no recibí respuesta. Sabía que no estaba con las demás en camino a la iglesia y no la había visto salir de la casa. Simplemente, me estaba ignorando.

Abrí la puerta y entré en el espacio ahora tranquilo de la cocina impecable. Persistía el aroma del desayuno, pero nada más. Después de pasar tiempo con las mujeres Lenox, fácilmente podrían ser su propio pelotón del ejército. Seguramente, si hubieran estado a cargo, las negociaciones con los de la indígenas habrían sido mucho más fluidas, y con muchos menos heridos.

Un reloj de pared hacía tictac en el salón de enfrente. Escuché atentamente y no provenía ningún sonido de arriba. Lenta y silenciosamente me aventuré a subir los escalones, nunca había violado esta área de la casa de solo mujeres. La casa era grande para acomodar a un grupo tan numeroso y parecía que todas las puertas de los dormitorios estaban abiertas. En el interior abundaban toques femeninos individuales como cintas, un vestido sobre el respaldo de una silla, una colcha de colores o flores secas que colgaban de la pared. Caminé hasta el final del pasillo y llegué a la única puerta cerrada.

Escuché algo dentro de la habitación, pero no pude discernir el sonido. Luego escuché un gemido suave, como si alguien estuviera herido. Como solo permanecía Jacinta en la casa, tuve que asumir que estaba herida. Abrí la puerta sin llamar, preocupado. La perilla se golpeó contra la pared interior cuando entré. Era el baño y allí, sentada a un lado de la bañera, Jacinta tenía su falda amontonada en la cintura y una mano en su vagina. Sus bragas blancas estaban en el suelo a sus pies. Sus mejillas estaban sonrojadas y su piel rociada con sudor al igual que su mano.

Observé todo el cuadro de un segundo a otro. Al asustar a Jacinta, apartó la mano de su vagina y pude verle los labios rosados brillantes y el vello oscuro. Se puso de pie y su falda cayó debajo de ella.

—¡Jackson! —gritó.

Ahora, en lugar de estar rebosante de excitación, estaba roja de mortificación, porque la había capturado jugando consigo misma. A pesar de que estaba aturdida, yo estaba emocionado y no pude evitar la sonrisa que se extendió por todo mi rostro.

—No te detengas por mí. Escuché un gemido y me preocupó que estuvieras herida, pero parece que estaba completamente equivocado.

—Yo... lo siento... me asustaste... ¡Jackson!

Estaba absolutamente sorprendida en su estado de nerviosismo y excitación.

—No fuiste a nuestra reunión de anoche. ¿Estabas ocupada aquí?

—Por supuesto que no —contestó ella con su barbilla levantada, como si le hubiera preguntado si se había comido el último de los huevos, en vez de si aprendía cómo poner su vagina pegajosa y húmeda.

—Muéstrame, amor.

—¿Mostrarte? —Intentó abrirse paso a mi alrededor, pero fue fácil bloquearle el camino. No se iba a ir de la habitación hasta que llegáramos a un acuerdo, en el cual ella sería mi esposa.

—Siéntate y muéstrame tu vagina. Está bien mojada y quiero verla.

—¿La viste?

—¿Que tienes una linda marca en el interior de tu muslo?

—¡Jackson! —volvió a gritar y sacudió un pie. Me encantaba oír mi nombre en sus labios, pero anhelaba que se le escapara cuando encontrara placer.

Cerré la distancia entre nosotros y

tomé su barbilla en mi mano, forzándola a mirarme a los ojos.

—Muéstrame, Jacinta.

Sacudió la cabeza, incluso con mi agarre.

—No, no puedo.

—Ya he escuchado esto antes de ti. ¿No puedes o no lo harás?

—No lo haré. Pues no está bien. —Apartó la mirada a un lado, sin mirarme a los ojos. Si me veía a los ojos, ¿le preocupaba que yo viera la verdad?—. No puedo porque no soy la indicada para ti.

—¿Por qué, Jacinta? ¿Por qué?

—Eso no importa —gritó con su rostro que reflejaba dolor.

—¿Eso no importa? Lo es *todo*. —La dejé ir y volvió su espalda hacia mí—. Es lo *único* que evita que estemos juntos.

—¡Yo no soy digna! —Se dirigió a la ventana y miró hacia afuera. Con la luz del sol que brillaba, pude ver las lágrimas en sus mejillas. A pesar de que yo había dicho que la azotaría la próxima vez que se menospreciara a sí misma, en lugar de eso quería atraerla a mis brazos y calmarla, pero este no era el momento para ello.

Yo pensaba que ella era digna, más que digna. Yo era el afortunado de que ella me hubiese mirado. Utilicé su propia táctica y permanecí en silencio, esperando a que continuara.

—No merezco ser feliz. Tú me haces feliz y por eso no debería poder tenerte.

Sus palabras me dieron esperanza, pero el dolor subyacente me hizo querer estrangularla y abrazarla de igual manera.

—¿Qué hiciste? —Mantuve mi voz baja y calmada.

Cuando no respondió, presioné una vez más.

—Jacinta Lenox, ¿qué hiciste? —Esta vez mi voz fue profunda y severa. Si yo iba a ser el que tenía el control, entonces tenía que saberlo.

Se giró para mirarme.

—Yo... maté a mi amiga Jane.

Esto no era lo que esperaba. Quizás había sido un poco salvaje cuando era joven y le había cortado una trenza a su hermana. Eso era lo que pensé que podría alcanzar la profundidad de sus acciones, pero no esto.

—¿Qué quieres decir con que mataste a tu amiga?

Cruzó los brazos sobre su pecho en una muestra de desafío, y quizás de protección personal.

—Estábamos nadando en el arroyo, en la zona de baño, donde es un poco más profundo... —Conocía el lugar, porque yo mismo había ido allí—. Quizás hubo algún tipo de tormenta río arriba. El clima era bueno, estaba caluroso y despejado. Por eso nos metimos en el agua, porque queríamos refrescarnos, pero mientras jugábamos, un torrente de agua se nos vino encima. Había demasiado barro, estaba lleno de ramas y troncos, y la corriente nos arrastró río abajo. ¡Salió de la nada, Jackson!

Había visto una inundación repentina antes, la forma en que destruía todo lo que encontraba en el camino. Era destructiva y mortal, y si tomaba desprevenida a una persona, estaría condenada. Con lo que Jacinta describió, ¿cómo sobrevivió? Me acerqué a ella y la tomé en mis brazos, tal como lo había deseado durante tanto tiempo. Ella encajaba perfectamente en mí, y apoyé mi mentón en la parte superior de su cabeza. Su aliento ventiló mi cuello. Podía sentir sus senos moldearse a mi pecho. Era cálida, exuberante, suave y... perfecta.

Después de unas cuantas respiraciones tranquilizadoras, continuó.

—Como dije, la corriente nos llevó río abajo. Me sumergí unas cuantas veces y perdí de vista a Jane, pero ella estaba como yo, luchando contra la corriente y buscando una manera de llegar a la orilla. Pasamos por una curva y la corriente me arrastró directamente. Sentí como si me hubiera estrellado contra una pared, la fuerza del golpe me sacó el aire de los pulmones. En realidad, tuve suerte porque quedé atrapada en un árbol muerto que estaba extendido en el agua y me mantuvo en el lugar, evitando que el torrente me arrastrara. Coloqué mis brazos junto a mi cabeza para impedir que otros árboles y escombros me golpearan, o al menos que no me golpearan la cabeza. Esperé. No podía hacer nada más que esperar. Eventualmente, el agua disminuyó y pude trepar por una rama y llegar a la orilla.

—¿Y Jane? —Sabía la respuesta, pero tenía que preguntar.

—Cuando una rama me golpeó, vi

que ella pasaba por allí. La última vez que la vi, un tronco le golpeó la cabeza y se hundió. No sé si volvió a emerger para tomar aire, pero... pero nunca la volví a ver. La encontraron a una milla río abajo. Muerta.

Un escalofrío la atravesó y la abracé más fuerte. La tenía en mis brazos y no la iba a dejar ir ahora.

—Fue una corriente, Jacinta. Tú no la mataste.

Sacudió la cabeza apoyada en el frente de mi camisa.

—Ese día yo quise que nos metiéramos al arroyo. Jane no sabía nadar, pero yo le insistí.

—No importa si sabía nadar o no. El agua no es profunda ahí. Pero nadie podría sobrevivir a lo que sucedió después si la suerte o Dios no intervenían.

—¿Suerte? ¿Es suerte que haya sobrevivido? —No sonaba como si me creyera.

—Podrías haber muerto con la misma facilidad. Demonios, me sorprende que estés viva. —No me gustaba esa idea ni un poco—. Tuviste *suerte*. No hay otra explicación.

—¿Y Jane?

Suspiré y le acaricié la espalda hacia arriba y abajo.

—Las cosas malas suceden, amor, todo el tiempo. ¿Te has aislado del mundo porque te sientes culpable de haber sobrevivido?

Presionó contra mi pecho para que la soltara, pero me negué.

—Si no la hubiera convencido, aún estaría aquí.

—Podría haberse caído de un caballo, comer carne contaminada, tener neumonía. Cualquier cosa podría haberla matado si no hubiera sido la inundación. ¿Te culparías a ti misma si una de esas cosas le hubiera ocurrido?

—No —contestó ella.

La aparté de mí con las manos sobre sus hombros y la obligué a que me mirara, pero esta vez directamente a mis ojos, no a mi hombro, ni a mi camisa como lo hacía.

—No es tu culpa. —Negó con la cabeza—. *No* es tu culpa —repetí—. ¿Y si hubiera sido al revés? ¿Qué pensaría Jane ahora si ella hubiera sobrevivido y tú no? ¿Pensaría que fue culpa suya?

—No, por supuesto que no. Jane era la persona más amable y dulce —añadió.

—¿Y tú no lo eres? ¿No eres amable con tus hermanas, aunque se burlen de ti? ¿No eres amable conmigo y mi padre cuando nos traes café y galletas si nos levantamos tarde y hay una yegua que está por parir? ¿No eres amable con Chance, las damas de la ciudad y con todos los que conoces?

—Eso no importa. *Fue* mi decisión.

—Esta mañana, la rueda de una de

las carretas estaba suelta y la arreglé.
¿Qué pasaría si se rompiera y la carreta
sufre un accidente en el camino a la iglesia? Tus hermanas podrían estar heridas
o muertas, mientras que tú te quedaste
en casa, por tu decisión. ¿Sería tu culpa
entonces que tú sobrevivieras y ellas no?

Su boca se abrió por mis palabras.

—No, pero...

—Piensa, amor. ¿Jane te culparía por
la inundación? ¿La corriente río arriba
fue tu culpa?

—No.

—¿Entonces por qué te culpas a ti
misma? —Las lágrimas llenaron sus
ojos, luego se derramaron y corrieron
por sus mejillas. Las quité con mis pulgares—. Tú mereces felicidad, Jacinta
Lenox, y yo prometo dártela.

Lloró sobre mi camisa y yo solo me
quedé allí, la abracé y froté su espalda.

—Está bien —dijo finalmente.

Fue mi turno de hacer una pausa y

apartarla de mí. Mi corazón dio un salto en mi pecho.

—¿Dijiste "está bien"?

Ofreció una sonrisa acuosa y asintió.

—Sí.

La agarré y la atraje para darle un beso. Con el deseo, la sorpresa y la anticipación de nuestro primer beso, debí haberle mordido la boca, hacer que nuestros dientes chocaran y que mi lengua la saqueara inmediatamente, pero no lo hice. Bajé la cabeza con lentitud y vi cómo sus ojos caían a mis labios, y luego se cerraron mientras le rozaba la boca con el más ligero de los besos. Jacinta jadeó con el contacto. Mientras aprovechaba el momento y dejaba que mi lengua se introdujera en su boca, lo hice suave, tiernamente, lamiéndola, conociéndola. Se derritió en mí, su cuerpo se suavizó al relajarse y sus manos se aferraron a mis bíceps. Podría besarla todo el día, pero no podía. Todavía no.

—Ahora, amor, muéstrame lo que estabas haciendo cuando llegué.

Sus ojos se abrieron ante mis palabras.

—Jackson, eso no es apropiado. —Su voz fue suave y sensual. Me gustó mucho.

—Puedes enseñármelo ahora o después de que vayamos a la ciudad y nos casemos.

6

JACINTA

JADEÉ Y AGITÉ LA CABEZA. Las lágrimas regresaron, pero esta vez por una razón completamente diferente. No me sentía triste, culpable o con el corazón roto. Estaba feliz.

—¿Siempre te voy a hacer llorar? —me preguntó Jackson con la voz más

tierna de lo que jamás la había escuchado.

Le sonreí primero y luego me reí. El
fuerte brillo de sus ojos y la rigidez de
sus hombros había desaparecido. Todo
lo que tenía que hacer era estar de
acuerdo con él en que quería ser feliz —
con él— con el verdadero Jackson que
sabía que iba a volver. Había sido duro y
reacio, un luchador que se esforzaba
para reclamar un premio: yo.

Compartir el horrible accidente que
sufrimos Jane y yo fue liberador. Mirando hacia atrás, solo lo había visto
desde una única perspectiva, a través de
los ojos de una niña de catorce años, y
mantuve esa visión mientras crecía.
Jackson hizo que considerara otra manera, y tenía sentido. *Yo* no había tenido
la culpa. Fue una tragedia que nunca olvidaría, pero Jane no querría que si-
guiera pasando por la vida sin vivirla.

Ni siquiera sabía que podía esperar más de la vida hasta que Jackson llegó. Entonces, solo entonces, me desperté, como una princesa de un cuento de hadas. La alegría hizo que las lágrimas llenaran mis ojos, y eso que rara vez lloraba, o quizás nunca había llorado hasta que Jackson apareció. Parecía que él era capaz de despertar todas las emociones que había escondido todo este tiempo.

—Creo que ya casi termino.

Se acercó y me atrajo a él una vez más; esta vez, en lugar de mantener sus manos en mi cintura, se movieron más abajo para cubrir mi trasero y sus dedos levantaron la tela larga de mi falda por encima de mis piernas, un centímetro a la vez.

—¿Qué estás haciendo? —Mis ojos se abrieron de par en par cuanto más arriba estaba la falda. Sentí el aire frío en mis pantorrillas, luego en la parte posterior de mis rodillas y enseguida más alto todavía.

—Te estabas complaciendo a ti misma. Quiero mirar.

La idea hizo que el calor volviera a mi piel y mis pezones se apretaran mientras me daba cuenta una vez más de que mis muslos estaban pegajosos.

—Como dije, no está bien.

—No hay nada de malo en conocer tu cuerpo, amor, y descubrir lo que te hace sentir bien. Yo estoy para hacerte feliz, ¿verdad? —Fruncí el ceño, pero asentí, porque era cierto—. ¿Qué tiene de malo dejarme ver? Necesito saber lo que te gusta para poder hacerte feliz. Estabas jugando con tu vulva. Me encantó cómo abriste tus piernas y el rubor en tus mejillas. ¿Tu clítoris estaba duro?

No respondí, pero a él no pareció importarle, sino que siguió hablando mientras sus manos seguían levantando mi falda. Su voz era casi hipnotizante; sus palabras, tentadoras, y aunque no debería permitirle este tipo de libertades, a mi cuerpo no parecía importarle tampoco.

—Vi que tus dedos se mojaron, también noté tus muslos cubiertos de excitación. Estabas tan mojada que hasta pude oírlo.

Sus manos tenían la parte trasera de la falda amontonada alrededor de mi cintura, mi trasero y mis piernas quedaron completamente expuestos. Acercando sus manos, las movió hacia adelante y tiró la larga porción de tela sobre la parte inferior de su brazo.

—Yo no tengo el honor de poder tocarte la vagina. Todavía. *Tú* puedes y lo harás. Vuelve a sentarte al lado de la bañera, abre las piernas y muéstramela.

Quería complacerlo. Realmente quería. También quería volver a sentirme así de bien tras haber descubierto cómo darme placer, cómo al tocar entre mis

piernas mi cuerpo se volvía blando y flexible y se mojaba... allí. Tal como
Jackson me lo había dicho cuando nos
encontramos durante sus visitas en el
campo. Sin embargo, no esperaba que
las sensaciones que me provocaba el
solo hecho de tocarme fueran tan
adictivas.

—Te gustó, ¿verdad, amor? Pude
verlo en tu rostro. Lo has hecho más de
una vez, me refiero a que te tocaras tu
vagina.

Me había atrapado y no podía negarlo ahora con mis bragas en el suelo, a
nuestros pies.

—Me gustó. No lo sabía.

—Fueron mis palabras las que te
guiaron a tocarte, para empezar.

—Sí —le contesté.

—¿Te has hecho venir?

Fruncí el ceño.

—¿Qué quieres decir?

Sonrió entonces, ampliamente.

—Bien, podré ser testigo de tu primer placer. No te preocupes, te diré cómo.

Mi curiosidad y el interés por sentirme tan bien de nuevo superaron el debate. Jackson se saldría con la suya en esto, porque no había hecho nada realmente inapropiado, simplemente me dirigía hacia el placer. Estábamos en privado, solos, y en lugar de tirarme en la cama más cercana, me había besado. Nada más.

La situación era decadente, pero se trataba de *Jackson*, y por alguna razón eso hacía toda la diferencia en el mundo. Mi cuerpo estaba preparado antes de que él me interrumpiera y ya estaba ansiosa por continuar, así que me alejé de él y me senté a un lado de la bañera otra vez. Tuve que inclinar la cabeza para mirarlo, aunque se ubicó delante de mí y se arrodilló. Tomando el dobladillo delantero de mi falda, la levantó de nuevo y la lanzó, para que la tela que se envolvía alrededor de mi cintura cayera en la bañera a cada lado de mí y permaneciera arriba y fuera del camino.

—Me encanta verte desnuda bajo tu falda —suspiró—. No creo que debas usar bragas nunca más.

Mis piernas estaban juntas aún, pero los rizos oscuros eran visibles. Los ojos de Jackson estaban sobre ese monte. Lenta pero muy suavemente, puso sus manos sobre mis rodillas y comenzó a separarlas, centímetro a centímetro. Mi aliento quedó atrapado en mi garganta, porque sabía que mi feminidad estaría verdaderamente expuesta a su mirada por primera vez. Me avergonzaba que me viera así, pero quizás el momento en el espejo hizo que me adaptara a estar desnuda y abierta. Fue la mirada en su rostro, rebosante de oscuro deseo la que hizo que mis piernas se flexibilizaran. *Era Jackson.*

Yo estaba haciendo que Jackson se excitara también. Sus mejillas se tornaban rojizas, su mandíbula se apretaba, sus ojos se oscurecían con un azul tormentoso mientras los callos de sus dedos rozaban la piel tierna de la parte interior de mis muslos.

—Tócate. —Su voz sonó profunda y fuerte, casi rústica, cuando apreció la vista. Sabía que mis labios rosados allí estaban hinchados y muy, muy húmedos. Junté mis dedos y pasé tres de ellos sobre mi carne hasta encontrar ese pequeño nudo duro que me hacía exhalar y suspirar. Mis ojos se cerraron ante la decadencia de ello.

—Ese es tu clítoris. Pronto voy a poner mi boca en él y a lamerlo, chuparlo, tal vez incluso mordisquearlo un poco para hacerte correr.

Mis ojos se abrieron ante sus palabras.

—¿Con tu boca?

Sonrió perversamente.

—Oh, sí. Mi boca. Baja un poco más tus dedos. Separa tus pliegues y muéstramelo todo.

No podía negarle nada ahora, porque tocarme allí, especialmente con él que me miraba, me calentaba por todas partes, pues hacía todo aún más... caliente. Mi boca se abrió y empecé a respirar superficialmente, como si no pudiera recuperar el aliento. Al separar los pliegues de mi carne, lo miré entornando mis pestañas. Pensé en cómo luciría ante sus ojos. Mis piernas estaban desnudas y abiertas. Tenía mis manos tocando mi carne de mujer, separándola y abriéndola para que él pudiera ver cada parte de mí, de una manera que yo no podía verme a mí misma. Debo de haber lucido desenfrenada y atrevida. ¡Qué habrá pensado de mí! Empecé a apartar los dedos y a cerrar las piernas, pero él puso sus manos en la parte interna de mis muslos y las mantuvo abiertas.

—Sé lo que está pensando, Jacinta, y no es verdad. Eres hermosa, en cada parte de ti. Pon tus manos sobre tu vagina de nuevo. Eso es. Buena chica. Esa vagina me pertenece. Está mojada porque me deseas. Anhelas la orden que te doy. Estás desesperada por sentir el placer que solo pensar en mí te puede traer. ¿Estabas pensando en mí cuando te tocaste antes?

Me mordí el labio y asentí.

—¿Sabes lo duro que me pones al admitirlo? —Negué con la cabeza, porque no sabía lo que quería decir. Entonces Jackson bajó la mano por la parte delantera de sus pantalones—. Mi pene está muy duro por ti. —Apartando su mano, continuó—. ¿Puedes ver cómo se presiona contra mis pantalones? ¿Ves lo grande que está? ¿Lo duro?

Mis ojos se abrieron de par en par al

ver esa forma roma y gruesa. ¿*Eso* iba a caber dentro de mí?

—Me voy a quedar con mis pantalones puestos. Por ahora. Es hora de tu placer, amor. Separa los hermosos labios de tu vulva para mí de nuevo. Sí, justo así. Oh, ahí está tu entrada virgen. ¿No te has puesto los dedos adentro todavía?

Sus ojos azules miraron los míos.

—Sí.

—Muéstrame. —Moví la mano hacia abajo e introduje un dedo, solo hasta el primer nudillo—Esa es tu excitación. ¿Sientas la humedad de los jugos de tu vagina? Eso es todo para mí. Para saborear en mi lengua. Para mi pene. —Jadeé ante sus palabras y por la sensación de tener el dedo adentro—. Usa las dos manos. Tócate y no te detengas. Haz que se sienta bien. —Llevé mi otra mano a la unión de mis muslos y comencé a tocarme, pasando la punta de mis dedos sobre mi carne resbaladiza, aprendiendo qué era aquello que se sentía tan bien—. Intenta frotar tu clítoris con una mano y desliza un dedo dentro de tu vagina con la otra. Justo así.

No pude contener el gemido que se escapó de mis labios, porque nunca antes había usado las dos manos. Mis párpados se cerraron una vez más y me rendí a la sensación y a la voz de Jackson que me alentaba:

Tan hermosa. Amo escuchar lo húmeda que estás. Mis dedos te tocarán así, mi boca te va a saborear, mi pene te va a llenar. Tú eres mía, Jacinta. ¿Ese placer? Está creciendo y creciendo, ¿no es así? No tengas miedo. Déjate llevar. Estoy justo aquí.

Quizás fue lo último que dijo lo que me provocó un placer tan intenso, una sensación tan abrumadora, a la que no tuve más remedio que ceder. Era aterradora y tuve miedo de dejarme llevar, pero Jackson lo sabía.

Sus manos apretaron mis muslos y

me recordé que él estaba justo ahí. Esa sensación no podría hacerme daño cuando él estaba conmigo. Lo que sea que estuviera sucediendo con mi cuerpo sería bueno, de otro modo, Jackson no lo permitiría. Debido a esta confianza, hice lo que él me dijo y me entregué. Cuando el placer surgió de mí, mis ojos se abrieron y me encontré con los de Jackson. Grité su nombre.

—¡Jackson!

Fue como si me arrojasen otra vez a una corriente súbita e inesperada, completamente fuera de control, completamente a merced del placer que se había apoderado de mi cuerpo. Mis pezones eran puntas apretadas debajo de mi corsé y me dolían. Mi vagina —la vagina de Jackson— palpitaba, vibraba, y sentí que mi excitación goteaba alrededor de mi dedo. No fue hasta que mi mente regresó al presente, que el placer disminuyó y pude respirar de nuevo.

—*Eso*, amor, fue que te has corrido o venido. —Tomó la falda de mi cintura y la bajó hasta mis tobillos, cubriéndome entera y modestamente. Podría cubrirme aún más, ponerme un abrigo, un sombrero y una bufanda y nunca renunciaría a los pensamientos impuros que se iban a quedar conmigo para siempre. Una sonrisa perversa se extendió por mi rostro. No pude evitarla—. Imagina cómo será cuando te ponga las manos encima.

El pensamiento hizo que mi cuerpo respondiera una vez más, con mi clítoris palpitando y mis pezones endureciéndose.

—¿Cuándo? —pregunté.

Jackson se puso de pie en toda su estatura y me tendió la mano.

—He creado a una zorra. —Como también estaba sonriendo, supe que usó el término como un cumplido—. ¿Cuándo? En cuanto lleguemos a la iglesia y nos casemos. Espero que, si nos vamos ahora, podamos llegar justo antes de que termine el servicio.

—*¿Ahora?* ¿Quieres casarte conmigo ahora? —Estaba indudablemente desconcertada por *haberme corrido*, pero me sorprendió que quisiera hacerlo oficial de inmediato.

—¿Quieres mis manos sobre ti?

Me lamí los labios al pensar en ello, mi cuerpo se calentó y se suavizó una vez más ante la idea de que sus dedos reemplazaran los míos mientras me corría, luego asentí.

Gimió y se acomodó sus pantalones.

—Ahora. Ahora mismo.

JACKSON

PENSÉ que Jacinta era hermosa desde el

primer momento en que la vi, pero cuando se vino, la mirada de asombro total y placer delicioso fue algo que nunca olvidaría. Sus labios se habían separado, su aliento escapó en pequeños jadeos. Un rubor cubría toda su piel expuesta, incluyendo el interior de sus exuberantes muslos. Sus dedos en su vagina, bastante rosados y brillantes, me tenían a punto de venirme en mis pantalones como un joven cachondo y ansioso. Para ser tan tímida, fue bastante apasionada una vez que superó sus preocupaciones con respecto a lo que era apropiado. No habría nada entre nosotros y este era solo el principio. Anhelaba enseñarle cómo sería, mostrárselo. *Dárselo.*

Sin embargo, eso no iba a pasar hasta que nos pusiéramos de pie frente a su familia, mi padre y el pueblo y dijéramos nuestros votos matrimoniales. Quería que Jacinta supiera que no solo la apreciaba, también la respetaba y honraba.

Más tarde, cuando estuviera follándola, mostrándole cosas más allá de lo más salvaje de su imaginación, no quería que tuviera ninguna duda de que lo que hacíamos juntos estaba permitido, aceptado y era perfecto.

No habría una boda clandestina, ningún asunto de escopeta del que hablarían las personas del pueblo. No tendría ni una palabra en contra de mi novia, y por eso la arrastré al exterior, al establo para ensillar un caballo y a la ciudad con toda la debida prisa.

Cuando entramos por las puertas de la iglesia una hora después, el ministro daba su bendición final. Todos se volvieron en los bancos para ver quién había interrumpido la ceremonia. Jacinta dio un paso atrás, con su cuerpo ligeramente protegido por el mío.

—Si tiene un momento extra, Reverendo, la señorita Lenox y yo quisiéramos usar sus servicios y nos gustaría que el pueblo fuera testigo. —Con la congregación en silencio, mi voz se escuchó bastante bien.

Miré a Jacinta, quien me cogía la mano como si fuera a ser arrastrada por un fuerte viento. Unas manchas brillantes y coloridas marcaban sus mejillas y aunque no disfrutaba tener los ojos de la congregación puestos en ella —ser el centro de atención era más para Lirio o Dalia— podría decir que estaba encantada de casarse conmigo.

La señorita Trudy se levantó de su banco y vino hacia nosotros con una sonrisa suave en sus labios. Jacinta soltó mi mano y le dio un abrazo a la mujer.

—¿Puedo quedarme de pie contigo? —le preguntó la mujer mayor a Jacinta.

Las lágrimas llenaron los ojos de Jacinta mientras asentía, y esta vez estaba seguro de que eran de felicidad y nada más. Mi padre vino al altar para unirse a nosotros también. Estaba radiante, y le

sonrió a Jacinta primero, luego me es-
trechó la mano. Si no lo conociera tan
bien, habría pensado que había un brillo
de lágrimas en sus ojos.

—Lo hiciste bien, hijo —murmuró.

Le di una palmada en el hombro, aliviado de tener las bendiciones de ambos.
Aunque no habría conocido a Jacinta si
no me hubiera reunido con mi padre en
el Rancho Lenox, me alegraba saber que
él estaba conmigo en este momento tan
importante.

Mi padre extendió el codo para que
la señorita Trudy lo tomara y la acompañó hasta el altar; la congregación su-
surraba y sonreía mientras lo hacían,
pues no era frecuente que ocurriera una
boda sorpresa.

El pianista comenzó a tocar una pro-
cesión y miré a Jacinta. Vi nervios en su
rostro, noté la forma en que su sonrisa
era un poco frágil, la forma en que su
mano tomó mi brazo con demasiada

fuerza. Solo yo podía detectarlo, porque también podía ver felicidad. Sus ojos estaban brillantes, sus mejillas sonrojadas y me estaba mirando a mí —¡a mí!— con algo parecido al amor.

No esperaba que me amara... todavía. Ella no me había dado la oportunidad de cortejarla, pero reconoció la conexión entre nosotros, la química que hacía que esto... lo que teníamos entre nosotros fuera tan especial, tan especial e importante como para casarnos.

Tendríamos el resto de nuestras vidas para descubrir todos los secretos que guardábamos. En cuanto a mí, iba a enamorarme... incluso más profundamente.

Pasé mi pulgar por encima de sus nudillos con suavidad, y luego llevé a mi novia al altar. Les guiñé un ojo a las seis hermanas Lenox que quedaban, mientras susurraban y sonreían cuando pasábamos. Las conocía lo suficiente como para saber que estaban igualmente sorprendidas y complacidas.

Rosa y Chance Goodman estaban sentados en dos bancos, y Jacinta se acercó a ellos y tomó la mano de Rosa brevemente. Su vínculo era el más estrecho y era importante que Jacinta supiera que la otra hermana estaba con ella, tal como yo lo quería de mi padre.

Cuando nos pusimos de pie ante el ministro, que no se veía muy molesto por la prolongación del servicio, me volví hacia mi novia, listo para decir mis votos y para escuchar a Jacinta pronunciar los suyos. Aunque esperaba parecer calmado por fuera, mi corazón latía salvajemente en mi pecho porque había deseado este momento desde la primera vez que vi a Jacinta, y se estaba convirtiendo en mía.

Nadie podría separarnos. Nadie podría cuestionar que ella me pertenecía. Incluso Jacinta. Cuando el hombre anunció que podía besar a mi novia, apenas oí los aplausos de la congregación mientras bajaba mi boca a la suya. El beso fue breve y nada parecido a lo que habíamos compartido en el baño, y completamente diferente a como yo reclamaría su boca una vez que estuviéramos solos.

Estaba emocionado de que la ceremonia tuviera tantos testigos, pero ahora que había terminado, quería a Jacinta toda para mí... y debajo de mí. Completa y totalmente desnuda.

7

$\mathcal{J}$ACINTA

ESPERABA SER ARRASTRADA a una manada de mujeres que me atormentaran con preguntas sobre la boda sorpresa, pero Jackson solo me permitió abrazar a la señorita Trudy una vez más en el momento en que él hablaba brevemente con su padre, luego me acompañó por el pasillo y me llevó de regreso al sol brillante a los diez minutos de nuestra llegada.

Me ubicó en su regazo ya sobre el caballo y estábamos saliendo de la ciudad antes de que alguien más abandonara la iglesia. Desde que me declaró sus intenciones el otro día, el hombre se había vuelto muy directo y muy claro con sus deseos. Aunque no tenía ninguna duda de que esas intenciones eran exclusivas para mí —él había dicho que su meta era hacerme feliz— parecía que no había nada que lo distrajera cuando estaba tan decidido. Asumí que ahora únicamente le importaba tenerme a solas, desnudarme y ponerme las manos encima, y por tal razón, no iba a luchar con él ni a cuestionar su dominio.

Yo *quería* su dominio ahora. Estaba *ansiosa* por ello. Por eso no me quejé cuando no ensilló un segundo caballo en el rancho o cuando no pude hacer más que despedirme de Rosa. Era esta... ansiedad lo que me resultaba estimulante, porque nunca antes había sido el centro de la atención de alguien, y mucho menos de un hombre. Saboreé la sensación de él detrás de mí, sus muslos duros que se movían con el balanceo del caballo, la sensación de sus brazos alrededor de mí que me sostenían con seguridad. Su increíble aroma me tentaba. *Todo* en él me tentaba.

Estaba casada con Jackson. Yo era la señora de Jackson Reed. Pensé que me asustaría, pero no fue así. Se sentía... increíble. Estando tan perdida en mis pensamientos, no me di cuenta de que no íbamos a regresar al rancho hasta que llegamos a una curva muy familiar cerca del arroyo. Me estremecí en los brazos de Jackson al verlo y mi corazón se aceleró. El sudor me llenó la frente mientras los recuerdos del agua que se tornaba de clara a oscuro lodo me asaltaban. El canto de los grillos fue reemplazado por el estruendoso sonido de un torrente de agua. Ramas y escombros flotaban y se movían hacia mí. Jane gritaba.

—¿Por qué estamos aquí? —susurré. El pánico obstruyó mi garganta y volví mi rostro hacia su hombro. Con una mano en las riendas, puso la otra sobre mi cintura. Su gran mano estaba caliente y me reconfortaba.

—Pensé que podríamos bañarnos.

—¿*Aquí*? ¿Ahora? No. ¡*No!* Jackson, estás siendo cruel. —Este mismo lugar era donde habíamos estado nadando cuando nos atrapó la corriente repentina, donde fuimos arrastradas por el agua, donde Jane murió y donde mi vida cambió para siempre. En un minuto, no tenía preocupaciones, no tenía idea de los peligros de vivir en un lugar tan salvaje, de lo frágil que era la vida. Al siguiente, supe de su fugacidad.

—No soy cruel, amor —contestó con palabras suaves. Su mano me acarició la espalda en un gesto tranquilizador, pero no hizo mucho para calmarme—. Es hora de crear nuevos recuerdos en este lugar. Yo estaré aquí contigo. Nada... quiero decir *nada* te pasará cuando estés conmigo.

Sentí sus palabras en mi mejilla tanto como las escuché cuando su voz retumbó desde su pecho. El agua se veía tranquila y casi plácida, solo había un oleaje ocasional de ritmo lento. Recordaba que era un sitio poco profundo, el agua ni siquiera me llegaba a las rodillas en la mayor parte, pero una ligera curva creaba una sección más profunda donde alcanzaba mi cintura. Era un lugar perfecto para bañarse o divertirse, y en la mayoría de los casos, era perfectamente seguro. Excepto cuando había una corriente inesperada.

—¿Esperas que vuelva a entrar al agua?

—¿Has vuelto aquí desde la inundación? —preguntó, claramente evitando mi pregunta—. Negué con la cabeza. —Bajemos y caminemos un minuto. —El brazo alrededor de mi cintura me levantó y me bajó fácilmente hasta el suelo, y pronto Jackson me siguió, tras permitir que el caballo caminara hasta el borde del arroyo y bebiera agua—. ¿Confías en mí? —me preguntó, manteniendo un brazo sobre mi cintura. Me aferré a él, sin querer acercarme al agua. ¿Y si la inundación regresaba?— Jacinta —dijo.

Mirando sus pálidos ojos, no vi ningún engaño, ninguna razón para que me torturara al haberme traído aquí más que para enfrentarme directamente mis temores. Todo lo que vi fue calma, y me hizo respirar profundo. Incluso de pie y a una distancia segura de la orilla, mi corazón se aceleró y mis manos se humedecieron. Si lo soltaba y de alguna manera me caía, aterrizaría en mi trasero con solo unos centímetros de agua clara debajo.

—No puedes desestimar lo que pasó, porque fue un día similar a este —dije, mis palabras eran ásperas por los horribles recuerdos—. El clima estaba bien, el agua también estaba en calma. Pero todo cambió rápidamente.

Me estremecí y Jackson me dio un fuerte abrazo.

—Hoy no. No conmigo. No lo olvidarás. Las cosas malas no desaparecen tan fácilmente. Las llevas contigo, pero deben quedar en el pasado. No puedes permitir que el miedo controle tu vida —lo decía por experiencia. ¿Le habían pasado cosas terribles a él también? ¿Tenía cicatrices en su mente que no se curarían?—. No lo olvidaré y tú tampoco, pero no quiero llevarte de vuelta al rancho todavía. Las cosas no están listas.

—¿Listas? —le pregunté. El solo mirar el agua me hizo incapaz de pensar.

—Mi padre se va a mudar a la cabaña por un tiempo, para que podamos tener algo de privacidad. Especialmente esta noche.

Hoy era nuestra noche de bodas. No había pensado en ello. Había considerado algunas de las cosas que haríamos, pero no en *dónde*. Mi casa —no, ya no era mía— estaba llena de mujeres y la privacidad era mínima. Jackson vivía con su padre y no tenía casa propia.

—¿Planeas que vivamos con el Gran Ed? —Me gustaba el hombre, pero nunca pensé en vivir con él. Este matrimonio había llegado demasiado rápido como para pensar en los detalles y el lugar donde íbamos a vivir era un detalle muy importante.

—Construiré una casa. —Se detuvo y tomó mi mejilla, luego me soltó y dio un paso atrás—. A menos que quieras que compre un rancho propio.

Levanté las cejas con total sorpresa.

—¿Comprarías un rancho? ¿Tienes... tenemos suficiente dinero para algo así?

Arrojó su sombrero al césped y luego empezó a desabrochar los botones de su camisa. Me di cuenta entonces de que ya no me estaba sosteniendo, que yo estaba parada por mi cuenta y que estaba... bien. Quizás fue el área de piel que exponía al abrir un botón a la vez lo que me distrajo.

—El dinero no es una preocupación. Trabajé para el ejército durante más de una década. Aunque no pagaban bien, no tenía gastos, así que ahorré. Invertí en la mina de cobre de un amigo en Butte. Si deseas un rancho propio, entonces tendrás uno.

Por la forma en que Jackson habló, sonaba como si fuéramos ricos. Era difícil para mí pensar en el dinero, o en cualquier otra cosa, porque se estaba desnudando. Ahí. Delante de mí.

—¿Qué estás haciendo? —le pregunté, señalando su pecho, que se exponía desde la V en su camisa. Ahora podía ver que tenía un poco de vello rubio y un estómago plano con músculos muy definidos. No pude evitar lamerme los labios al verlo, y solo era un vistazo.

—Vamos a ir al agua.

—¿Al agua? No voy a entrar en el agua —respondí, pero mis palabras no tenían tanto miedo o firmeza como hacía unos minutos, porque, maldición, me estaba distrayendo. Tragué, pensando en Jackson desnudo. Jane y yo nos habíamos despojado de nuestras camisas, pero apenas éramos chicas y no me interesaban los chicos, ni sabía lo que se sentía cuando un hombre solo tenía ojos para mí. O lo que se sentía al ver a un hombre que se quitaba la ropa, una prenda a la vez.

Tras sacarse la camisa, Jackson la tiró al césped junto a su sombrero.

Oh, Dios mío. Tomé un poco de aire y me quedé mirándolo. No, en realidad, lo devoraba con los ojos descaradamente y, por la forma en que la comisura de su boca se convirtió en una sonrisa, no le importaba.

Sus hombros eran anchos y su cintura estrecha, su cuerpo tenía una forma perfecta de V. El vello claro de su pecho se estrechaba hasta el ombligo y por debajo de él, en una línea que se aventuraba hacia abajo y hacia adentro de sus pantalones. Había señalado la dura longitud de su... miembro cuando estábamos en el baño, pero ahora, a la luz del sol, el bulto era muy obvio. Grueso y largo, se inclinaba hacia arriba, donde el borde de sus pantalones terminaba.

Sus manos hurgaron el botón delantero y me hicieron romper la mirada.

—Te gustará mucho más lo que verás cuando me quite los pantalones. —Se quitó las botas mientras se abría los pantalones y luego se los bajó de las caderas. Aquello que los hombres llevaban debajo de los pantalones era un misterio para mí. Esperaba algún tipo de calzoncillos, pero Jackson no llevaba ninguno, lo supe cuando su pene se liberó desde un ligero nido de vello en la base. Solo le di una mirada pasajera, porque me quedé atónita al verlo. No tenía ni idea de cómo sería uno, pero este... oh, Dios.

Era como si fuera un mástil, grueso y largo, con una cabeza ancha y roma. El color era rojo rubicundo y una vena palpitante recorría toda la longitud. En la parte superior, había una pequeña abertura y vi un fluido claro que se filtraba de ella. La gruesa longitud se inclinó hacia su vientre y luego directamente hacia mí.

—Jackson, no estoy segura...

Sentí calor por todas partes, y no era por el sol. Los dedos que llevé dentro de mí eran muy pequeños en comparación con su pene. A pesar de que las paredes interiores de mi vagina se apretaron con la anticipación de querer ser asaltadas con algo tan grande, tuve miedo.

—Te va a caber, amor. Te lo prometo. No estás lista ahora mismo, pero lo estarás.

Se sacó los pantalones de las piernas y los apartó para estar frente a mí completa, total y deliciosamente desnudo.

—Oh, Dios mío —dije otra vez. No pude evitarlo, porque me asombraba una y otra vez al mirarlo. ¡Y este era mi esposo!

—Tu turno, amor.

Fueron esas palabras las que hicieron que mis ojos abandonaran su pene y se encontraran con los suyos.

—¿Mi turno? —chillé. —Jackson asintió lentamente—. Me has visto desnuda, ahora es mi turno de mirarte.

Con dedos temblorosos, desabroché los botones de la parte delantera de mi vestido. Mientras lo hacía, Jackson habló.

—He soñado contigo desnuda. He tomado mi pene en mi mano, me he tocado como tú y me he venido contigo en mi mente.

Sus palabras eran muy carnales y las compartió sin una pizca de vergüenza.

—¿Lo hiciste? —pregunté, mis dedos se detuvieron.

—No te detengas. Por favor. —Sus ojos estaban como estaban los míos, siguiendo mis movimientos como yo había seguido los suyos—. He querido tocarte, besarte, follarte desde la primera vez que te vi. —Sonrió perversamente y no pude evitar ofrecer una sonrisa tímida a cambio—. ¿Recuerdas cómo te sentiste cuando jugaste con tu vagina? Es lo mismo para mí, amor. ¿Esa sensación? Es por ti. Dios, no puedo esperar a deslizar mi pene dentro de ti, sentir tu contorno apretado sobre mí. Me voy a venir muy fuerte.

Sus palabras me excitaban. Mi vagina se contrajo justo como él había dicho, aunque vacía y ansiosa por tenerlo a él. Mis manos se movieron más rápido ahora, porque mi cuerpo deseoso anhelaba exactamente lo que él había dicho.

—Jackson, yo... mi cuerpo te desea. Estoy ansiosa por ti, pero mi mente. Estoy luchando...

Dio unos pasos entre nosotros y se hizo cargo de quitarme el vestido. Sus manos eran mucho más hábiles, quizás fuera más por afán que por experiencia. Aunque, tuve que asumir que había desnudado a otras mujeres en el pasado, no pensaría en esas cosas. Jackson era mío, como lo era cada centímetro de él.

—No pienses, amor. Siente. —Sus manos removieron la tela de mis hombros y de mis brazos, y el vestido cayó por sí solo a mis pies. Jackson no se detuvo, sino que rápidamente trabajó en las cintas de mi corsé y luego me levantó la camisa por encima de la cabeza. Luego se quedó quieto y apreció la vista. Me estremecí, pero no tenía frío, fue la mirada en los ojos de Jackson, el calor que vi allí —la forma en que apretó su mandíbula— lo que me hizo sentir como si yo fuera una comida y él un hombre hambriento. Sentí que mis pezones se tensaron con su intensa mirada y mi excitación cubrió mis muslos.

—Eres hermosa, Jacinta Reed. Vamos a meternos al agua antes de que te folle aquí y ahora. —Tomó mi mano y me llevó hacia el arroyo. Agité la cabeza mientras miraba el agua. Me había olvidado de mis temores gracias a sus acciones. La desnudez de Jackson hizo que mi cerebro se hiciera trizas, mi cuerpo se ablandara y se calentara por algo que no conocía en su totalidad—. Ahora. Por favor.

Se detuvo y frunció el ceño, lo cual no era lo que esperaba; esperaba que estuviera muy contento de que yo quisiera saltar directamente a lo de —¿cómo lo había llamado?— follar.

—No porque le tenga miedo al agua —agregué, mintiendo solo un poquito—. Tengo miedo, pero... quiero todo lo que has dicho. No quiero esperar.

Jackson gimió desde lo profundo de su garganta y me agarró, me tiró fuertemente hacia él y me besó. No fue como el beso casto de la boda. Tampoco fue como el primer beso que compartimos en el baño. *Este* fue algo completamente distinto, salvaje y despiadado, desesperado y ardiente... increíble. Su lengua se metió en mi boca y encontró la mía para enredarse con ella. Lamió y aprendió lo que me gustaba, cómo quería que me besara. Cómo lo supo, no tenía ni idea, pero fue increíble.

Mis senos presionaban sobre su pecho, el vello allí era suave y mullido, y me hacía cosquillas en los pezones. Más abajo, su pene caliente y duro, pero a la vez suave y aterciopelado, presionaba mi vientre. Cuando lo sentí palpitar, jadeé. Me imaginé que era algo así como un mástil o una estaca dura, que se clavaría dentro de mí y me llenaría, pero se sentía vivo entre nosotros, como si *quisiera* estar dentro de mí. Cuando Jackson me besó en la mandíbula, mi cabeza cayó hacia atrás y le ofrecí un mejor acceso, más aún cuando me mordió el lóbulo de la oreja antes de aventurarse a bajar por mi cuello.

—Un buen intento, amor, pero sé que sigues asustada. Si quieres follar en vez de meterte en el agua, no voy a discutir. —Su voz se profundizó y raspó casi aterciopeladamente mi piel, haciéndome temblar, incluso al calor de la luz del sol.

Lamió, chupó la piel tierna, dejándome con el despertar de un hormigueo.

Iluminaba mi carne, mi sangre se calentaba y se espesaba en mis venas, sentía como si hiciera muy flexible mi cuerpo. Mi aliento se aceleró al ritmo de mi corazón, pues mientras bajaba la cabeza aún más y él me besaba desde la clavícula hacia abajo para luego acariciar un seno, pensé que podría sentir el latido frenético bajo sus labios. Mis manos se deslizaron por su cabello cuando Jackson chupó uno de mis pezones. No pude evitar el grito ahogado que se me escapó, pues no tenía ni idea de que un hombre hiciera algo así ni esperaba que se sintiera tan bien.

—Jackson, alguien nos va a ver — suspiré. La última parte de pensamiento coherente que me quedaba hizo que me preocupara porque nos descubrieran. Me tenía tan desorientada que no lo había considerado antes. Estábamos completamente desnudos y cualquiera podía vernos. Pronto, cualquiera podría ver mucho más. Cuando dijo que lo que hacíamos quedaría entre nosotros, nunca me imaginé hacerlo a la intemperie.

Agitó la cabeza y la suave cerda de sus bigotes raspó mi piel tierna.

—Esta es la tierra Lenox. Nadie nos molestará aquí.

—No quiero que mi primera vez sea interrumpida por Dalia y Lirio —respondí, y algo del calor del momento se perdió al recordar a mis hermanas chismosas y molestas.

Sentí la sonrisa de Jackson sobre mi seno.

—Le dije a mi padre adónde íbamos. Nadie nos molestará. —Su boca se movió aún más hacia abajo mientras se arrodillaba delante de mí, sus manos se deslizaron por mis costados para luego descansar sobre mis caderas. No sabía por qué me mantenía allí, quieta, pues no tenía intención de huir, pero cuando puso su boca en mi núcleo de mujer, salté y empujé sus antebrazos.

—¡Jackson! ¿Se supone que tienes que hacer eso?

Levantó la cabeza brevemente y me miró a los ojos.

—Absolutamente. Créeme, te va a encantar. —No estaba completamente segura, pero él no había hecho nada que no me hubiera gustado hasta ahora, así que me relajé en sus brazos—. Separa las piernas, amor.

Hice lo que me pidió y bajó la cabeza una vez más, y esta vez usó su lengua para lamer el sendero a lo largo de mi juntura, luego lamió suavemente ese nudo duro que era el centro de todo mi placer.

—¡Jackson! —grité otra vez, pero por una razón completamente diferente. No tenía idea de que fuera tan sensible y que la superficie áspera de su lengua podía sentirse tan increíblemente bien mientras usaba los dedos de una mano para separar mis pliegues y hacer círculos en mi entrada.

La sensación fue tan intensa que mis rodillas se doblaron. Si no fuera por el brazo que tenía en la cintura, me habría caído en la hierba. Sentí el sol sobre mi piel desnuda, la suave brisa que endurecía mis ya apretados pezones. Un poco de mi cabello se había soltado de las pinzas y rozaba mi espalda. Los dedos de Jackson se clavaron en mi cintura y seguramente tendría una marca allí más tarde. No me importaba, me encantaba. Me encantaba saber que habría una señal externa de su posesión. Además de que me quitara la virginidad, quería tener una marca porque me había reclamado. Quería que *él* viera las marcas como su propiedad.

Lo que estaba haciendo con su boca me estaba arruinando para cualquier otra cosa. Estaba tan cerca de venirme y ahora sabía lo que se sentía. Sabía qué esperar.

Cuando el dedo de Jackson se deslizó dentro de mí y frotó algún lugar mágico, cambié de opinión. No tenía ni idea de qué esperar. Esto no era como sentarme al lado de la bañera y tocarme. Esto era mucho, mucho más. No tenía ni idea de que era tan sensible por dentro, que solo el más mínimo roce de su dedo me haría arquear las caderas y enredar mis dedos en su cabello. La combinación de ese nuevo tacto, más su lengua que pasaba sobre mi clítoris, hizo que mis paredes internas se contrajeran, buscando hundir más ese solo dígito, hizo que mi espalda se inclinara y que el orgasmo se apoderara de mí. Estaba perdida, justo como cuando la corriente me arrastró. En este caso, sin embargo, tenía a Jackson para que me abrazara, para mantenerme a salvo, para dejarme delei-tarme cuando el placer me invadiera. Me aferré a él tan fuerte como pude, saboreando cada ola de placer que podía arrancar de mi cuerpo.

—Oh, Dios mío, Jackson —jadeé—. Yo... no tenía ni idea.

Me besó la marca de nacimiento en la cara interna de mi muslo antes de levantar la cabeza y sonreír. No aflojó su agarre, sino que me miró por encima de mi cuerpo desnudo. Sus ojos usualmente pálidos ojos se veían oscuros y tormentosos, su boca y mentón brillaban con lo que ahora sabía que era mi excitación. Podía sentirlo en mi caliente carne hinchada y en mis muslos.

—Es solo el principio.

Me doblé hacia él ante esas palabras y me bajó cuidadosamente hasta el suelo, donde mi vestido había quedado extendido, debajo de mí. La hierba suave era como un cojín, y tener a Jackson encima, apoyado en una mano, al lado de mi cabeza, me hacía sentir segura y protegida, como si él fuera lo único en el mundo. Y lo era. No podía ver nada más que a él, su rostro sonriente y sus hombros anchos que bloqueaban el resto del mundo.

Miré nuestros cuerpos, vi que su pene estaba aún más grande que antes y el fluido en la punta goteaba por la cabeza roma. Bajando la mano, la toqué. Se meneó en mis dedos y Jackson siseó. Aparté la mano y lo miré preocupada.

—¿Te lastimé?

Negó con la cabeza.

—Al contrario —contestó con voz profunda y áspera—. No te detengas, amor. —La mirada tranquilizadora en sus ojos me hizo tomarlo con la palma de mi mano—. Más fuerte. —Su gruñido me hizo apretarlo, aunque no pude conseguir que mis dedos envolvieran todo el amplio grosor de su miembro—. Desliza tu mano hacia arriba y hacia abajo. —Lo hice—. Y tócame las pelotas con tu otra mano.

Continuó diciéndome qué hacer, porque no tenía idea de a qué se refería. Al principio. Entre esas palabras y la respuesta de su cuerpo a mi tacto, aprendí rápidamente lo que le gustaba. Me maravillaba que su pene estuviera tan duro y a la vez tan suave como la seda en la palma de mi mano. Pulsó y se infló de sangre en su interior. Mi mano se humedeció con el fluido de la parte superior, y permitió que deslizara mi mano hacia arriba y hacia abajo con facilidad.

—Suficiente. —Se alejó y se sentó de nuevo sobre sus talones.

—¿No lo estaba haciendo bien? —Me mordí el labio, preocupada por no ser lo suficientemente hábil para complacerlo.

Su mano se acercó a mi mejilla y su pulgar se deslizó hacia adelante y hacia atrás.

—Lo estás haciendo muy bien. Es demasiado bueno, amor. Quiero estar dentro de ti cuando me corra. Quiero llenarte con mi semen y marcarte como mía.

Asentí porque mi deseo no había disminuido cuando me hizo venir con su boca. Separé las piernas para él y me preparé para que su enorme tamaño empujara hacia adentro de mí.

—Estoy lista.

La comisura de su boca se inclinó hacia arriba.

—No, no lo estás, pero no te preocupes, te llevaré allí. —Bajó la cabeza y me besó con su boca suave y su lengua deslizándose profundamente para encontrarse con la mía. Me probé a mí misma, y la idea de ser tan íntima con Jackson era muy, muy excitante. No sabía que podía ser así, casi me derretí debajo de él, mi cuerpo parecía ablandarse. Su lengua retrocedió y luego se volvió a sumergir, mientras su gran mano se unía a la mía. Lentamente la levantó sobre mi cabeza donde su otra mano la reclamó y se aferró a ella. Estaba atrapada y no tenía adónde ir. No podía hacer nada más que aceptarlo todo —y cualquier cosa– que Jackson decidiera darme.

Yo era suya.

Por una vez, podía dejar ir todo. En este momento Jackson tenía control total. No podía preocuparme que encontrara mi cuerpo poco atractivo. No podía preocuparme por lo que había hecho en el pasado. No podía preocuparme por si lo estaba complaciendo. No podía hacer absolutamente nada más que aceptar las atenciones de Jackson y devolvérselas tan ardientemente como podía. Yo le pertenecía y él me lo estaba diciendo sin palabras.

Mientras me besaba, su mano libre se deslizó por mi brazo y bajó para cubrir mi seno, luego lo apretó y sus dedos presionaron el pezón turgente. Jadeé en su boca.

—¿Te gusta? —me preguntó con su boca en la mía.

Mis ojos se cerraron cuando él no cedía.

—Sí —suspiré. —Tiró un poco más fuerte y sentí un fuerte mordisco de dolor. Mis ojos se abrieron de par en par y mi espalda se arqueó—. ¡Jackson! —grité, no porque doliera, sino porque se transformó en algo increíblemente placentero.

—¿Te gusta más eso?

—No debería —contesté, confundida en cuanto a por qué mi núcleo se ablandaba y goteaba de excitación ante la combinación de dolor y placer.

—Sí, deberías. Solo significa que no eres tan suave como pensabas. Podrás engañar a los demás, pero no a mí.

—Jackson —respondí, pero no pude

decir más porque se había movido al otro seno para darle el mismo trato.

—He anhelado escuchar mi nombre en tus labios sonando justo así. Solo espera a que me meta dentro de ti, luego lo dirás otra vez. Y otra vez.

No dudaba de su habilidad para hacerme rogar. Realmente estaba lejos de ser suave. Me sentía absolutamente salvaje debajo de él. Mientras su mano se deslizaba por mi vientre y se sumergía entre mis muslos, estaba perdida para todo excepto él, y de pronto un dedo separó mis pliegues y se sumergió en mi interior.

—Estás empapada.

—Jackson, por favor. —Sí que rogué. Lo hice. Poniendo mis pies firmemente sobre la hierba, mis rodillas se levantaron y abrí las piernas para él. Se aprovechó de esta posición rápidamente, moviéndose de manera que sus caderas estuvieran sujetas dentro de las mías, esto también dejó a su pene asentándose sobre mi muslo interno. Con un ligero movimiento de su cuerpo, ya estaría presionando contra mí. Con un rápido empujón de sus caderas, estaría completamente incrustado en mí. La idea me hizo levantar más las caderas.

—Esto, Jacinta. —Levantó la mano y vi mi humedad brillar en la punta de sus dedos. —Esto es por mí.

—Sí —le contesté.

Se llevó los dedos a la boca y lamió mi esencia.

—Tan dulce y picante también. Igual que tú.

Sus palabras, la forma en que me habló, no se contuvo en ello. No mantenía reservas para la suave Jacinta Lenox. Jackson no lo permitiría, porque estaba conociendo mi verdadero yo, la *parte de mí* que ni siquiera yo conocía de Jacinta Reed. Cómo sabía que me había excitado al tocarme, si era por sus palabras oscuras y sucias o sus acciones sórdidas, nunca lo sabría. Realmente no me importaba, solo que pronto me llenaría, pues mis músculos internos estaban apretados con anticipación.

Jackson era grande, muy grande, pero no tenía miedo. Con Jackson, nunca.

Colocando su otra mano al lado de mi cabeza, movió sus caderas y sentí que su pene empujaba en mi entrada. La sensación caliente, tan dura y exigente, me hizo jadear.

Me miró a los ojos.

—No hay vuelta atrás, amor. —Empujó hacia adelante y ambos gemimos. La cabeza ancha de su falo extendió mis labios inferiores al máximo y me abrió, estirándome mucho más de lo que uno de sus dedos podría hacerlo—. Seré gentil esta primera vez, pero me gusta el sexo rudo y sé que a ti también te gustará.

La idea de que me tomara como él quería hizo que le apretara la punta del pene y se deslizó un poco más fácilmente ahora debido a lo pegajosa que estaba. Mis ojos se cerraron y me puse tensa ante la ajustada sensación de quemadura que él me producía al llenarme. *Era* grande, tan grande que mi cuerpo luchaba por acomodar su grosor.

—Mírame, Jacinta. —Su voz profunda me hizo obedecer—. Estás muy apretada, pero es tu himen que lo hace incómodo.

Negué con la cabeza.

—Eres demasiado grande.

Sonrió.

—Lo soy, pero voy a encajar. Encajaremos perfectamente juntos. Puedo sentir tu himen y una vez que lo atraviese, lo notarás.

Me lamí los labios, confiando en él.

—Es tuyo, Jackson. Tómalo. Tómame.

El calor se encendió en sus ojos —ahora lo reconocía— por mis palabras. No esperó, no pudo esperar. La forma en que su cuello y su mandíbula se apretaban, su contención, el hecho de que se mantuviera quieto mientras estaba incrustado solo un poco dentro de mí, le estaba costando un gran esfuerzo. Pero sobre todo era gentil y cauteloso y yo ni siquiera me había dado cuenta. Ahora lo sabía, así que decidí continuar yo. Él tenía razón. Yo no quería que fuera gentil. Quería a Jackson.

Tomé su trasero, ajustado y firme, por debajo de las palmas de mis manos y lo empujé hacia adelante, al tiempo que levantaba mis caderas. La acción hizo que rompiera mi himen y se incrustara hasta lo más hondo dentro de mí. Me estremecí al sentirlo tan intensamente, al notar una fuerte pizca de dolor en lo más profundo de mí.

—Dios, Jacinta. —Jackson no se

movió mientras frotaba mi rostro con su mano.

—Estabas... estabas tardando demasiado.

—No quería lastimarte —respondió.

Le di una sonrisa suave para tranquilizarlo. El dolor estaba desapareciendo rápidamente, pero la separación y la sensación de él dentro de mí no. Mis paredes internas se aferraron a él, probando la sensación. Suspiró.

—No hagas eso. —Mis ojos se abrieron de par en par por sus palabras —. No, amor. Puedes hacerlo cuando quieras, pero ahora mismo estoy al límite. Te sientes tan jodidamente bien... y necesito moverme, pero no quiero lastimarte más.

—No me harás daño —le prometí—. Por favor.

Lentamente, retrocedió y la ligera fricción del movimiento hizo que mis ojos se abrieran aún más.

—¡Jackson! —grité.

—Ah, ¿te gusta? —Asentí—. Entonces esto te gustará aún más. —Se introdujo y me llenó una vez más. Las sensaciones de su pene al acariciar lugares muy dentro de mí me hicieron retorcerme—. Ah, ah. Es mi turno de moverme. —No dijo nada más, sino que empezó a deslizarse adentro y afuera de mí, lentamente al principio, y luego estableció un ritmo que me hizo levantar las caderas para encontrarme con él. No podía quedarme quieta. Los sonidos de nuestra carne al golpearse y los sonidos de mi humedad llenaban el aire. Esto no era un simple revolcón bajo las sábanas, estaba mojada, resbaladiza, sudorosa. Era primitiva. La forma en que mi cuerpo respondía era primitiva. Era como si supiera qué hacer, cómo responder, para obtener todo el placer de la unión. Y Jackson sabía qué hacer para mover sus caderas y chocar contra mí, para acariciar mi clítoris directamente. No pude evitar gritar, era demasiado. Aunque me había hecho correrme antes, nunca antes había tenido algo inmenso dentro de mí. Nunca pensé que hubiera algo mucho mejor. Cuando me vine, fue como si viera fuegos artificiales. El placer me derretía hasta los huesos, todo junto. No pude evitar el grito que se me escapó, el cual atrapó el viento y lo elevó a los cielos, tal como me sentía.

Mis paredes internas aprisionaron el pene de Jackson y lo introdujeron hasta donde podía llegar, con el deseo de mantenerlo allí. Podría jurar que se hizo más grueso y más largo a medida que los movimientos de Jackson se volvían más irregulares. Sabía que el placer se había apoderado de él, tal como me sucedió a mí, y que estaba impulsándose para su propia liberación. Yo me había recuperado lo suficiente como para poder observar su rostro tenso y la necesidad de correrse.

Con una última embestida, se corrió con un gruñido y su semen me bañó. Pude sentirlo en mi interior, caliente y chorreando. Nos unimos de la manera más elemental y no quise moverme, no quería que el momento terminara. Mientras que Jackson estaba perdido en mí, yo era suya para siempre. Como él dijo, no había vuelta atrás. Y no tenía ningún interés en que hubiera.

8

J ACKSON

NUNCA ANTES ME había corrido así. Juro que casi quedé inconsciente. Solo la sensación de la dulce y apretada vagina de Jacinta, que casi estrangulaba mi pene, hizo que mis pelotas se apretaran, que mi semen prácticamente hirviera y no pudiera contenerme ni un minuto más. Me vine durante lo que me pareció una eternidad, con chorros de semen que llenaron a mi esposa hasta el borde y luego rebalsaron alrededor de mi pene. Había esperado dos meses —dos largos meses— por su vagina, y fue aún mejor de lo que me había imaginado. Los labios rosados y perfectos, el vello oscuro que los protegía y toda su excitación desbordante eran la evidencia que necesitaba para saber que me deseaba. Antes me preocupaba que mis sentimientos no fueran correspondidos.

Cuando la sorprendí en el baño, me emocionó descubrir que tenía curiosidad y estaba ansiosa, hasta fue más allá de lo que había pedido, no solo para mojarse, sino para continuar. No tenía ninguna duda de que, si no la hubiera interrumpido, Jacinta habría descubierto cómo tocarse hasta el final. Para mí lo mejor fue ser el testigo de su primera liberación. Luego tenerla debajo de mí, mirándola cuando se venía por todo mi pene, fue algo que nunca olvidaría.

Jacinta fácilmente llegaba al clímax. Su clítoris era muy sensible, como así también sus senos. Si pasaba tiempo con ellos —y lo haría muy pronto— sabía que podía hacer que se corriera con tan solo jugar con sus pezones. El hecho de que le gustara un poco de dolor junto con el placer incitó a que mi pene se hinchara dentro de ella una vez más.

—¿Siempre es tan grande? —preguntó Jacinta con voz suave y relajada. Su piel estaba enrojecida y un brillo de sudor le recorría la frente. Su cabello, originalmente perfecto y limpio, quedó como una maraña salvaje. Después de un rato, sus pezones se ablandaron hasta convertirse en suaves montículos rosados y rellenos. Sus rodillas, que se habían apretado en mis caderas, permanecieron abiertas aun cuando se puso su vestido.

—¿Mi pene? —pregunté. Podría volver a follarla inmediatamente, mi necesidad por ella no disminuía, pero sabía que debía de estar dolorida. Además, había más que solo follar. Tenía muchos otros planes para su cuerpo—. Solo quiero estar cerca de ti.

Lentamente, salí y me senté sobre mis talones. Vi cómo mi semen emanaba de ella desde su vagina roja e hinchada, con los labios abiertos. Sumergí mi dedo en nuestros combinados fluidos y sostuve la mezcla para que Jacinta la viera. El semen espeso y nacarado se tiñó de un tono rosado.

—Mi semen, más tu sangre de virgen.

Debió de haber notado su osada posición porque intentó volver a juntar las rodillas. Situado entre ellas como estaba, no pudo hacerlo, y coloqué mi mano en la parte interior de sus muslos.

—No te escondas ahora, amor. Eres

tan hermosa así. —Sus mejillas se sonrojaron más brillantemente y apartó la mirada—. Ven, vamos a limpiarte.

Me puse de pie y me deleité al ver a Jacinta tumbada bajo el sol, con la hierba alta que ondeaba alrededor de su piel pálida y tan suave. Con sus muslos separados, parecía una doncella violada. Mi pene se inclinó hacia ella sabiendo que era justo eso y que *yo* lo había hecho. Extendí mi mano.

—¿En el agua? —preguntó ella, insegura.

No quería repetir la conversación que ya habíamos tenido o hacer que se pusiera tensa y asustadiza otra vez, así que la tomé en mis brazos y la llevé hasta el borde rocoso del arroyo. Se sentía increíble tenerla en mis brazos, especialmente así desnuda. La sensación de su cuerpo exuberante, tan suave en todos los lugares correctos, tenía mi pene apuntando en dirección hacia ella y me encantaba la forma en que sus senos se presionaban en mi pecho.

—¡Jackson! —gritó con su cuerpo tenso a pesar de mis esfuerzos. Pensé que un orgasmo o dos la ablandarían y la distraerían. Desde luego que sí, pero aun así, necesitaba asegurarse de que estaba a salvo. Que *siempre* estaría a salvo.

Me detuve con solo los pies en el agua.

—No dejaré que te pase nada, amor. Es mi trabajo, mi privilegio, cuidar de ti.

Se mordió el labio, pero no dijo nada más y la sentí relajarse junto a mí.

Lentamente, me metí en el agua hasta que llegó hasta mi cintura, donde el arroyo daba la vuelta. Aquí era donde era mejor bañarse, limpiarse el sudor y el polvo de un día duro de trabajo. Una vez que mi padre me habló de este lugar, lo visitaba a menudo y aprovechaba la privacidad del lugar. Cada vez, anhelaba compartirlo con Jacinta, para bajar al agua justo como lo hacíamos ahora. La mantuve con firmeza en mis brazos, pero no pude evitar ver cómo sus senos se elevaban y flotaban en el agua. Su cabello se arremolinó alrededor de su espalda y se movió con el leve indicio de la corriente.

No me extrañaba que Jacinta y su amiga Jane vinieran a este lugar, que era perfecto para chapotear y jugar. Poco o nada se podrían haber imaginado que una terrible corriente se las llevaría. Ahora, con la calma del agua y el idílico cielo azul, otra corriente provocada por una inundación era imposible, pero la forma en que Jacinta se mantenía rígida en mis brazos aludía a sus pensamientos contrarios al respecto. Todavía tenía miedo.

Le besé la frente y le acaricié la espalda desnuda, fui relajando mi agarre lentamente y separándola de mí, pero aún la mantenía a un brazo de distancia. Antes de separarme de ella, le permití que apoyara los pies para que estuviera en cuclillas, dejando su cuerpo desnudo bajo el agua. Sin embargo, eso no me impedía que la viera en su totalidad.

—Vamos a nadar.

Me sumergí y dejé que el agua fría me bañara; sin embargo, no hizo nada para calmar mi fuego, en lo que a Jacinta se refería, ni mi erección. Subí y me sacudí las gotas de mi cabello como un perro mojado. Cuando levantó las manos para protegerse, gritó:

—¡Jackson!

—¿Jackson qué, amor? —Le sonreí perversamente—. ¿Vas a nadar o te voy a tirar dentro?

Sus ojos se abrieron de par en par y luego se entrecerraron.

—No te atreverías.

Me paré en toda mi estatura y empecé a acercarme a ella.

—Lo haría.

Tenerla acobardada por el miedo no era la manera de lograr que nadara desnuda y que fuera una experiencia agradable. Tenía que conseguir que se olvidara del miedo, y sabía cómo hacerlo. Empezó a mover sus brazos y a retroceder, mientras mantenía su cuerpo bajo el agua, pero su paso a tientas era mucho más lento que mi movimiento hacia adelante.

—¿Sabes lo que va a pasar cuando te atrape?

Debió de haber oído algo en mi voz o visto el brillo depredador en mis ojos, pues se levantó, se giró para huir y se adentró en el agua a toda prisa. Quedé embelesado al observar el agua que recorría su cuerpo desnudo y sus pezones duros por la humedad que enfriaba su piel pálida. Tuve una vista perfecta de su trasero grande y redondo cuando amagó con escaparse. Gemí profundamente en mi garganta, listo para tocarla una vez más. Podría intentarlo, y no escaparía. Nunca.

Permití que se alejara hasta un lugar donde el agua fuera menos profunda, donde pudiera correr con facilidad. Cuando se giró para mirar por encima del hombro para ver cuán cerca me encontraba, me dio una vista deliciosa de sus senos que aún rebotaban.

Eso fue todo. Había sido un caballero demasiado tiempo.

Fácilmente, me acerqué y la tomé del brazo, la giré y la ubiqué en mis brazos. Me senté en el fondo de arena suave del arroyo y la bajé hasta mi regazo. Con sus rodillas separadas, se sentó a horcajadas sobre mí y su aliento se escapó en jadeos rápidos. No hablé, solo bajé la cabeza y tomé un delicioso pezón entre mis dientes. Jacinta gritó, quizás por la combinación de placer y sorpresa, pero no le ofrecí ningún tipo de dulzura, la lamí y chupé el pezón hasta que estuvo retorciéndose en mi regazo. Mis manos se movieron a sus caderas y la mantuve quieta, porque temía que no yo sería capaz de durar por la forma en que deslizaba su vagina por todo el largo de mi pene. Era un movimiento inocente, pero a mi pene no le importaba. Me excitaba más mi novia casi virginal que cualquier puta o viuda experimentada de mi pasado.

Los dedos de Jacinta se enredaron y tiraron de mi cabello, ante el leve indicio de dolor que me produjo su agarre rústico, gruñí sobre su carne tierna. Mordí el pezón y luego lo lamí con la parte plana de mi lengua.

—Jackson, Dios. Se siente tan bien... —suspiró.

—Lo sabía. Sabía que iba a ser así.

Moviendo una mano, me acerqué a sus muslos separados para rozar su vagina. Nuestros cuerpos permanecían parcialmente sumergidos en el agua, pero eso no hizo nada para que su carne caliente se enfriara. Siseó un poco ante mi cuidadosa caricia. La acababa de reclamar por primera vez; seguramente se sintiera tierna y dolorida. Introduciendo un dedo en ella, sentí la combinación de mi semen con sus jugos, que tornaba pegajoso el ajustado pasaje.

La observé mientras sondeaba su entrada ya reclamada.

—¿Dolorida? —le pregunté.

Se mordió el labio mientras movía las caderas, balanceándolas para buscar placer en mi dedo.

—Oh, no estoy tan dolorida, ¿eh? ¿Quieres montarme? —Frunciendo el ceño, confundido, contesté:

—¿Montarte? —Curvé mi dedo y sus ojos se volvieron hacia atrás—. Justo así. Mueve tus caderas y monta mi dedo. Encuentra tu placer. ¿O quieres mi pene? ¿Puedes sentirlo contra tu vientre?

—¿Otra vez? ¿Tan pronto? —me preguntó al mirarme una vez más con ojos llenos de pasión.

—Voy a estar dentro de ti todo el tiempo, amor. Mi pene nunca va a bajarse cuando pueda sentir tu piel suave, ver tus hermosos senos, jugar con tu vagina perfecta. Incluso con inhalar tu aroma. Con solo un poco, me pondré duro. *Todo* de ti me pone duro.

—¿De verdad?

—Pareces sorprendida —respondí.

Asintió con los mechones húmedos de cabello adheridos a sus hombros.

—No lo sabía.

Algo parecido a la posesividad masculina me inundó.

—Bien. Si supieras cómo te miraban los otros hombres de la ciudad, sin duda estarías pavoneándote por sus atenciones.

Levantó su mano para tomar mi mejilla y sus ojos, iluminados de un color whisky por la luz del sol, sostuvieron los míos.

—Solo he sentido esto contigo, Jackson Reed. Eres el único hombre a quien he querido.

La besé entonces porque no pude evitarlo. La quería de un modo tan elemental que quería consumirla.

Mientras lamía su boca y rozaba su lengua con la mía, tomé mi pene y lo alineé con su abertura. Solo cuando la punta roma abrió los labios de su vagina, levanté mi cabeza.

—Bájate y móntame. Fóllame, amor.

Moviendo sus caderas, empezó a menearse a lo largo de mi grueso falo, asentándose centímetro a centímetro deliciosamente. Permanecí quieto, lo que era casi imposible de lograr.

—¿Quieres que lo haga yo? —dijo. Cuando asentí, Jacinta continuó—: Pero no sé cómo.

—Solo siente.

Una vez que se asentó totalmente sobre mí, mantuvimos nuestros muslos juntos y la llené por completo. No había nada de distancia entre nosotros, ni un pequeño centímetro libre. Cuando se quedó quieta, rechiné los dientes.

—Vas a matarme, amor. Fóllate a ti misma y córrete por todo mi pene.

Miró a la derecha y a la izquierda, como si estuviera buscando espectadores, o incluso una corriente de agua con lodo que viniese a llevarnos. Ninguno de las dos opciones aparecería, pero sabía que no estaba tan excitada como para haberlo olvidado, lo cual significaba que yo no estaba haciendo bien mi trabajo, así que incliné mis caderas hacia arriba y comencé a empujar la cabeza de mi pene hacia su vientre.

Sus ojos se abrieron de par en par y gritó.

—Muévete, amor —la insté.

Entonces lo hizo, movió sus caderas

lentamente en pequeños círculos. La ayudé agarrándola, levantándola y bajándola sobre mi pene, dejándola ver las diferentes maneras en que se podía mover.

Jacinta era lo suficientemente apasionada como para reconocer lo que se sentía bien y se movió en consecuencia. Sus manos se ubicaron en mis hombros y su cabeza cayó hacia atrás, permitiéndome lamer y chupar la piel húmeda de su cuello. Sus movimientos tenían mis pelotas apretadas para evitar un inminente y rápido orgasmo. Era todo lo que podía hacer para no agarrar sus caderas y penetrarla con fuerza hasta correrme, pero este era su momento para aprender cómo obtener su propio placer, para aprender a montar mi pene. Oh, bien, le daría el control de vez en cuando, pero en el dormitorio —o dondequiera que la follara— yo la guiaría y dominaría su cuerpo y su alma.

Sus movimientos eran lentos y consistentes, pero rápidamente cambiaron a frenéticos y desesperados, y sus dedos apretaron mis hombros, estaba seguro de que tendría marcas allí.

—Jackson —suplicó mientras sus senos se balanceaban con los movimientos.

—¿Qué pasa, amor? —pregunté con los dientes apretados.

—No sé cómo. Es demasiado. Muéstrame —me rogó. Me acerqué a la unión de nuestros cuerpos y froté su clítoris. Sus ojos se abrieron y se enfocaron en los míos—. ¡Sí! —suplicó. La observé mientras la acercaba cada vez más, sabía que se correría, porque su vagina se apretó en mi pene, succionando como si tratara de llevarlo cada vez más profundamente dentro de ella. Quizás lo hacía, porque cuando gritó mi nombre, yo gruñí el suyo y pulsé mi semen en su interior mientras el placer corría por mis venas.

No estaba seguro de cómo podría volver a trabajar en el rancho, porque no quería estar en ningún otro lugar que no fuera como estar enterrado en lo más profundo de mi esposa.

JACINTA

ME DESPERTÉ EN LA OSCURIDAD. La luz gris de la luna resplandecía en las paredes e iluminaba la habitación. Completamente confundida y sin saber dónde estaba, noté que la ventana que solía ubicarse a la derecha de mi cama no estaba allí, sino a la izquierda. Mi cama era más suave que de costumbre y me daba demasiado calor. Cuando traté de quitar las sábanas pesadas, me di cuenta de que no era una manta la que me envolvía, sino una persona. *Jackson.*

Estábamos en la casa que compartía con su padre, pero contábamos con bastante privacidad. El Gran Ed le había asegurado a Jackson que se quedaría con los otros hombres hasta que construyéramos nuestra propia casa, la cual, si me basaba en las ganas de mi esposo por mí, comenzaría inmediatamente. Incluso Jackson dijo que esperaba tener la mayor parte terminada antes de que el tiempo se pusiera frío. Todo lo que tenía que hacer era elegir un lugar para construirla.

Realmente nunca había soñado con un hogar propio, nunca me lo había imaginado como una posibilidad. Tan decidida a permanecer infeliz, a apartar toda la alegría de mi vida después del accidente y de la muerte de Jane, había eliminado toda posibilidad de tener un esposo. Pero llegó Jackson y todo cambió. En un día, derribó mis barreras invisibles y descubrió mi secreto más profundo y oscuro, y todavía parecía quererme. ¿Quererme? Parecía insaciable conmigo.

Sonreí en la oscuridad por su atención, por lo que habíamos hecho juntos. Me demostró que la inundación provocó el terrible accidente y que vivía mi vida con miedo. Nunca antes quise volver a la zona de la curva del arroyo donde todo sucedió, pero Jackson me obligó a ir. Entonces, me distrajo con sus manos, su boca y con un pene muy erecto. ¿Cómo podría resistirme a sus atenciones? No podía pensar en otra cosa que en lo que me había hecho. No tenía ni idea de si volvería al lugar para nadar, pero el nivel de miedo que solía tener había disminuido. Jackson tenía razón: tenía recuerdos completamente diferentes de ese lugar ahora, después de que me tomara por primera vez allí, donde puso su cara entre mis muslos e hizo que me corriera, donde me senté en él y lo monté. Fue salvaje y despreocupado.

Tumbada de costado ahora, lo tenía con un brazo en mi cintura y una mano que me cubría un seno. Esta mañana, cuando salió el sol, nunca me hubiera imaginado que estaría desnuda y en la cama con Jackson al caer la noche. Mi espalda estaba contra su frente, como dos cucharas en una gaveta y me deleité en su agarre. Gruñó y su mano me apretó ligeramente, luego se relajó. Su agitación fue lo que me sacó del sueño. Nuestra piel, donde se tocaba, se sentía resbaladiza como si él estuviera sudando. Gruñó de nuevo y murmuró algo que no pude discernir.

Lentamente, me volví en sus brazos para estar frente a él. El rostro de Jackson estaba atrapado en el suave resplandor de la luna a pesar de la oscuridad y pude ver que su mandíbula estaba tensa y el sudor bañaba su frente.

—¡No! —gritó durante una pesadilla.

—Jackson —susurré. Nada. Repetí su nombre, pero más fuerte. Todavía nada. Entonces puse mi mano en su húmedo hombro y lo sacudí. Sorprendentemente despierto, tomó aire y sus ojos se abrieron lentamente.

—¿Jacinta? —preguntó sin estar seguro.

—Estabas soñando —le contesté. No necesitaba decirle que era una pesadilla si no se acordaba. Jackson se pasó una mano por la cara y exhaló. Maldiciendo, se movió para sentarse a un lado de la cama, de espaldas a mí—. ¿Estás bien? —pregunté, apretándome el labio inferior con los dientes.

—Está bien, amor. Vuelve a dormir. —Su voz se notaba angustiada, ronca.

Sin saber qué hacer, me deslicé en la cama hasta envolver mis brazos alrededor de su cuello y presioné mi cuerpo contra el suyo. Saboreé su aroma, ahora reconocible como Jackson puro, y le besé el cuello. Su mano se levantó y descansó sobre mi antebrazo.

—No sin ti.

—No voy a dormir ahora, amor. Necesitas descansar.

—¿Esto te pasa a menudo? —pregunté tímidamente.

Asintió.

—Bastante a menudo. Hice cosas horribles en el ejército, Jacinta. Estás casada con alguien que ha matado. Eso me persigue.

Suspiré sobre su espalda, escuchando la miseria en su voz. Me preguntaba si yo era la primera persona que lo abrazaba después de una pesadilla. Eso esperaba, pues una rápida oleada de celos me invadió al pensar que otra mujer lo consolara.

—No te tengo miedo. ¿Lo hiciste por

tu propia voluntad o estabas actuando bajo órdenes?

—Órdenes.

—Entonces estabas haciendo tu trabajo —respondí.

—Yo era un francotirador. Mi *trabajo* era solo matar.

Permanecí callada, pensando en el tipo de hombre con el que me casé. Los francotiradores no comandaban a los hombres. No trabajaban en grupo. Le disparaban a la gente y eso era todo. No era de extrañar su tormento.

—Está en el pasado ahora. Tu vida en el ejército ha quedado atrás y me aliviará saber que puedes protegerme de los animales salvajes.

Giró la cabeza para mirarme por encima del hombro en la oscuridad.

—Como dije, no voy a dormir ahora. Quizás te gustaría tener un poco de espacio en la cama. Es la primera noche que compartes una —respondió, moviéndose para ponerse de pie, pero yo lo tiré hacia abajo.

—Sí, exactamente. Es mi primera noche en que comparto una cama y te quiero *en* la cama conmigo. Si no, me estarás engañando. —Mantuve mi tono suave, mi voz calmada y persuasiva, tratando de alejarlo de su mal sueño, de su pasado, para traerlo de vuelta al presente conmigo.

—¿Es lo que quieres de un esposo, un calentador de camas?

—¿No es eso lo que querías de una esposa? —respondí.

Luego se giró, apoyando su rodilla sobre la cama para poder mirarme fácilmente.

—Absolutamente. Hasta ahora, es una de las mejores partes de estar casado.

—¿Ah? —le pregunté, acariciando su brazo musculoso con un dedo—. Aún no hemos hecho *nada* en la cama. Solo afuera, en el arroyo.

—Estarás demasiado dolorida para follar tan pronto. ¿Te he descuidado, amor?

Me encogí de hombros, mi cuerpo se calentó con la idea del tipo de placer que me había dado antes.

—Insinuaste que estar en la cama conmigo era solo *una* de las mejores partes. ¿Cuáles son las otras? —Pasé mi dedo por encima de la costura del edredón.

—¿Quieres que te lo diga o que te lo muestre?

Su tono profundo, su voz autoritaria y dominante habían regresado y me dio escalofríos en la piel. Era increíble cómo respondía visceralmente a su voz.

—Muéstrame. Definitivamente muéstrame.

❧

—¿QUIERES ver a tu familia? —preguntó Jackson. Estábamos acostados en la cama, con el sol en lo alto del cielo, y ninguno de nosotros había hecho nada remotamente productivo desde que despertamos, fuera de costumbre, ya con el sol. Era nuestra luna de miel y nos habían dejado solos en la casa. Sin tareas, sin ganado, sin hermanas. Nada. Solo que Jackson me despertó con su cabeza entre mis muslos. Aunque antes me había puesto la boca encima, despertarme cuando mi cuerpo estaba a punto de tener un orgasmo era algo nuevo. Sus bigotes habían desgastado la piel sensible de la cara interna de mis muslos. No me importaba en lo absoluto.

De hecho, dos horas más tarde, lo desperté con mis manos en su pene. Se movió justo cuando bajé la cabeza para lamer la punta en la parte superior, ansiosa por saborear el líquido claro que se había filtrado de ella. Después, Jackson se tomó su tiempo para decirme qué le gustaba y cómo tomarlo hasta lo más profundo de mi garganta. Me deleité con sus sonidos de placer, la forma en que sus manos se enredaban en mi cabello y me mantenía quieta o me guiaba hacia aquello que se sentía bien.

A pesar de que yo había tenido el control el día anterior mientras montaba su pene, esto era muy diferente. Jackson estaba perdido en lo que yo le estaba haciendo y la acción se sentía muy poderosa para mí. Cuando su pene se hinchó en mi boca, él empujó profundamente y sentí su semen deslizarse por mi garganta, una extraña sensación de alegría me invadió al saber que yo podía hacer que él se sintiera tan bien. ¿Habrá sido lo mismo para Jackson?

Los platos sucios descansaban en una bandeja en el suelo, al lado de la cama, tras haber comido nuestro almuerzo desnudos y encima del edredón.

—¿Mi familia? ¿Quieres hablar de mi familia mientras estamos desnudos? —No quería pensar en ellas en absoluto.

Se encogió de hombros y la comisura de su boca se levantó.

—No quiero que extrañes tu hogar.

No sabía cómo responder a esa declaración, porque era verdad, apenas recordaba una época en la que no estuviera al menos con una de mis hermanas. *Nunca* estaba sola. Tampoco había tenido un hombre todo para mí antes. Tal vez las extrañaría eventualmente, pero no ahora. Además, estaban a cinco minutos a pie.

¿Estaba cansado de mí? ¿Quería que me fuera por un tiempo porque había tenido suficiente de mí? Aparté la mirada, temiendo que pudiera ver la preocupación en mi rostro. ¿Un esposo necesitaba tiempo lejos de su mujer, después de menos de un día? ¿Era normal? ¿Me había estado faltando él?

—Jackson, si necesitas ir a ocuparte de las tareas o si necesitas algo de tiempo para ti mismo, lo entiendo. Nunca antes he estado casada y no sé exactamente cómo se supone que funciona esto, pero estoy segura de que puedo mejorar lo que sea que creas...

—Para. —Su voz fue casi un ladrido, profundo y duro.

Eso me hizo mirarlo con sorpresa.

—Lo estás haciendo una vez más.

Fruncí el ceño.

—No crees que seas digna.

—Nunca dije...

—No con esas palabras. La próxima vez que hagas eso te voy a poner sobre mis rodillas.

Mi boca se cayó. ¿Me daría azotes?

—No hay nada malo contigo —continuó—. Todo lo contrario, de hecho. Estoy sentado aquí tratando de controlar mi necesidad de tocarte de nuevo, de hundirme profundamente dentro de ti.

No quiero abrumarte con mi necesidad, así que si *tú* necesitas un descanso de mí y de mi interminable ardor, estaré encantado de acompañarte a la gran casa.

Mi boca se abrió.

—¿Me quieres de nuevo?

Se quitó la sábana de las caderas para exponer su pene erecto. Estaba erguido e inclinado hacia su vientre, la cabeza goteaba una vez más ese líquido claro, que ahora conocía su sabor salado.

—No sé si esto es normal o no, amor, pero no me importa. Quiero volver a probarte.

Le sonreí.

—Puedes besarme, Jackson, cada vez que quieras.

—No tu boca. Tu vagina. —Con esas palabras, me inclinó sobre mi espalda, abrió mis piernas y enterró su cara entre ellas.

Oh, fue todo lo que pude responder.

JACINTA

JACKSON no me dejó salir de la casa durante dos días. En ese tiempo, habíamos hecho más cosas desnudos de lo que jamás hubiera imaginado. La única razón por la que me estaba ayudando a ponerme el vestido —el vestido que usé en la boda— fue porque alguien había llamado a la puerta. Aunque lo ignoramos, era la señal de que debíamos volver al mundo afuera de su habitación. Debió de ser Lirio o Dalia, o incluso Amapola. Las sorprendimos a todas con la boda y las dejamos allí rápidamente después, así que probablemente estaban ansiosas por acorralarme para obtener detalles. Dos días de silencio fueron realmente impresionantes si consideraba la completa falta de paciencia de mis hermanas. Solo podía asumir que la señorita Trudy les había ordenado que se alejasen, pero su palabra solo se mantuvo durante un tiempo.

—Debería torturarlas a todas yéndome a visitar a Rosa primero —le dije a Jackson. Me senté en el borde de la cama para ponerme los zapatos. Se estaba afeitando en el lavabo y me miró a través del espejo. Sabía cómo se sentían esos bigotes y los echaría de menos, aunque los nuevos volverían lo suficientemente rápido—. Pero no lo haré.

—¿Quieres que te acompañe a verla más tarde?

Levanté la mirada.

—¿A Rosa? Eso me gustaría. Tal vez puedas venir conmigo a la casa grande también.

Detuvo la navaja recta junto a su barbilla llena de jabón.

—No creo que sea seguro para mí allí.

Me reí.

—¿Crees que mis hermanas te golpearán?

Sonrió y regresó a sus movimientos.

—Me van a interrogar y tal vez lloren porque ya no estoy disponible para darles atenciones.

Puse los ojos en blanco.

—Eres muy, muy engreído.

Sacudió la cabeza lentamente y sus ojos se oscurecieron. Conocía esa mirada.

—Estuviste muy llena de *mí* hasta hace poco tiempo.

Fruncí los labios, pero no pude dar una respuesta ingeniosa, porque tenía razón. Estaba sensible y todavía un poco dolorida por todas sus atenciones, pero fue su semen, que lentamente se deslizaba de mí, lo que me recordó lo que había hecho y dónde había estado.

—Haré una concesión —dijo, limpiándose la cara con una toalla limpia—. Iré a ver si mi padre necesita ayuda mientras tú visitas a tu familia, pero llegaré después de una hora y te rescataré.

Me puse de pie y alisé mi vestido.

—Eso debería funcionar bien, porque tendré que empacar algo de ropa y necesitaré tu ayuda.

Veinte minutos más tarde, entré en la cocina de la casa grande. La hora del desayuno ya había pasado, la señorita Esther se encontraba en la estufa removiendo en la olla la comida del almuerzo y olía a estofado. Se giró luego del crujido de la puerta.

—¿Las chicas fueron a visitarte? —La señorita Esther era la menor de las dos hermanas que nos habían adoptado a todas. Mientras que la señorita Trudy era delicada y tranquila, la señorita Esther compartía sus opiniones abiertamente y nos mantenía a todas a raya. La señorita Trudy no era fácil de convencer, pero sus formas de persuasión eran mucho más sutiles. La señorita Esther decía lo que pensaba sin tapujos.

—Fueron, pero las ignoramos.

Frunció los labios y se volvió hacia su olla.

—Sabía que ese hombre tuyo era listo.

Probablemente ese fuera el único cumplido que recibiría de ella.

—La casa está terriblemente silenciosa —agregué, mirando por la puerta hacia el comedor vacío.

—¡Jacinta está aquí! —gritó la señorita Esther, sorprendiéndome.

Un ruido de pasos vino desde la planta superior. Los gritos se sucedieron tras el anuncio de mi nombre como respuesta. Miré con agudeza a la señorita Esther.

—Ahora no estará silencioso —me susurré a mí misma. En menos de un minuto, mis hermanas me rodearon para lanzarme preguntas.

¿Por qué no nos dijiste que te ibas a casar con él? ¿Adónde fueron? ¿Hicieron cosas juntos como dijo la señorita Trudy? ¿Te dolió? ¿Es igual de guapo sin ropa?

No tenía idea de que sabían lo que pasaba entre un hombre y una mujer, pero ciertamente sabían las preguntas que debían hacerse. Hace tres días, *yo* no habría preguntado si dolía la primera vez que se follaba. Hace tres días, ni siquiera hubiera considerado *pensar* en la palabra *follar*. Jackson me había cambiado, y no me refería solo a que me liberara del himen.

Una vez que perdieron algo de su efervescencia, contesté.

—No sabía que me lo propondría. Nos estamos quedando en la casa que Jackson compartía con el Gran Ed hasta que podamos construir nuestro hogar, y en cuanto al resto de las preguntas tendrán que averiguar la respuesta por vosotras mismas cuando cada una tenga su propio esposo.

La señorita Trudy entró en la cocina y me miró con una mirada de evaluación seguida de una sonrisa suave.

—¿Quieres un poco de café?

—Sí, gracias. —Tomé dos tazas y me encontré con ella en la cafetera que siempre estaba en la estufa. Lo sirvió y fui a sentarme a la mesa.

Caléndula y Amapola habían salido de la sala mientras las otras estaban sentadas a la mesa o de pie, mirándome.

¿Me veía diferente? Seguramente, aunque no tenía ninguna marca que se pudiera ver. Tenía una pequeña marca en el interior de mi muslo izquierdo y una marca roja en mi pecho donde Jackson lo había chupado. Estuvo muy complacido de dejar esa marca, pero estaba en un lugar donde únicamente nosotros dos lo sabíamos. Seguramente no había una en mi cuello. Levanté la mano, pero sabía que no era algo que pudiera sentir.

—Espero que la señora Morne no me haya echado de menos en el almuerzo después de la iglesia —le dije.

La señorita Trudy sonrió.

—Tenías una muy buena excusa.

Alcancé el azucarero.

—El Gran Ed dice que quieren construir su propia casa —dijo la señorita Esther, mirando por encima de su hombro.

—Hemos hablado de ello. Solo tengo que elegir un lugar.

—Siempre te ha gustado en el acantilado —comentó la señorita Trudy, y luego tomó un sorbo de su café.

Había una pequeña colina que daba a las montañas y que siempre me había gustado, quizás porque estaba lejos del arroyo. Tendría que llevar a Jackson allí para ver qué pensaba del sitio, porque era bastante alejado.

—Escuché que un militar vino de visitar ayer.

—¿Eh? —Esto era nuevo para mí.

—¿No nos vas a decir nada sobre el hecho de estar casada, Jacinta? —preguntó Lirio, interrumpiendo. Lirio, Dalia y Azucena estaban sentadas al otro lado de la mesa expectantes.

—Me gusta mucho —respondí.

—¿Eso es todo? —respondió Dalia y su voz sonó decepcionada.

—¿Rosa ha compartido más que eso con ustedes? —respondí.

Las tres agitaron la cabeza.

—¿Entonces por qué esperan que *yo* les ofrezca más?

—Porque tú eres *tú* —contestó Lirio.

—Exacto —añadió Azucena, asintiendo con la cabeza.

No sabía a qué se referían, así que no dije nada.

—Si no vas a hablar, ¿puedes coser un botón en mi vestido?

Me sorprendió la pregunta. No, la pregunta no fue sorprendente, pero mi reacción sí lo fue. En el pasado, habría hecho cualquier cosa que me pidieran sin pensarlo dos veces. Ahora podía elegir. No quería coser un botón. Sabía perfectamente que Dalia podía hacerlo todo por sí misma. Ella, junto con las otras, se aprovechaban de mí y yo lo permitía.

—No, lo siento. Jackson vendrá pronto para ayudarme a cargar mis cosas. Estoy segura de que puedes hacerlo sin mí.

Dalia parecía aturdida, luego se levantó de la mesa y se fue retumbando los zapatos. Se comportaba más como una niña de cinco años que como una mujer de veinte. Lirio y Azucena sonrieron y la siguieron. Claramente, yo no era muy interesante después de todo. ¿Alguna vez lo había sido?

—Están ansiosas por los chismes —dijo la señorita Trudy—. ¿Eres feliz?

Me sonrojé ante su pregunta y asentí. No estaba insistiendo en los detalles, solo se preocupaba por mi bienestar tal como debería hacerlo una madre.

—¿Qué hay del visitante? ¿Era del ejército?

La señorita Trudy metió un montón de patatas cortadas en la olla y le dio otra sacudida antes de venir a sentarse.

—Yo no lo vi, pero el Gran Ed lo confrontó antes de que fuera a tu casa. Creo que estaba aquí por Jackson.

—¿Para llevárselo? —le pregunté, con un poco de pánico. Con dos días de casada, no necesitaba que se llevaran a mi esposo.

Se encogió de hombros.

—Solo sé que no se quedó mucho tiempo y regresó a la ciudad. —Tomó una de las servilletas de tela apiladas sobre la mesa y comenzó a doblarla.

Me puse de pie y coloqué mi taza junto al lavabo.

—Iré a recoger algunas cosas.

Jackson me encontró en mi habitación quince minutos después. Observó las paredes de color amarillo pálido, las cortinas ligeras y mi manta de lavanda en mi cama. Él era tan grande, tan alto, que mi habitación parecía muy pequeña. Había hecho una gran pila de ropa y estaba a mi lado.

—¿Qué es esto? —preguntó, recogiendo mis bragas. Se las quité y las puse detrás de mi espalda.

—Sabes muy bien lo que son —respondí, y mis mejillas se calentaron.

Me sonrió y tomó otras de la pequeña pila. Esta vez las sostuvo en alto para que no pudiera arrebatárselas.

—¿Por qué las empacas?

—Porque son mis bragas y las necesito. —Agarré el resto del montón y lo puse en mi regazo.

Jackson agitó la cabeza lentamente.

—No necesitas bragas, amor.

—Pero...

—¿Traes puestas algunas ahora?

Con la ventana abierta, la brisa trajo su aroma limpio hacia mí.

—Por supuesto.

Continuó sacudiendo la cabeza.

—Quítatelas.

—No lo haré.

Levantó una ceja, luego se acercó a la puerta y la cerró. Sabía que Margarita y

Caléndula estaban limpiando el baño, pues era una de sus tareas. Dalia había entrado en su habitación y cerrado la puerta de golpe después de mi respuesta por el botón. Las demás estaban en alguna parte, y eso significaba que a pesar de que estábamos solos en la habitación, no estábamos completamente solos.

Volviéndose hacia mí, Jackson tomó mi mano y tiró de mí, la pila que tenía en el regazo cayó al suelo. Con menos suavidad de la que estaba acostumbrada, me empujó contra la pared. Mis manos presionaron el yeso frío, a los lados de mis mejillas.

—Jackson —jadeé.

Sus manos se deslizaron por mis piernas, debajo de mi vestido, y levantó la tela en el camino hasta que pudo tirar de la cinta de mis bragas y dejar que se deslizaran al suelo. Se acercó más, con su cuerpo acorralando el mío. Podía sentir cada centímetro duro de él en mi espalda y su pene duro presionando mi trasero.

—Nada de bragas, amor —me susurró al oído, con su aliento cálido soplándome el cuello. Mordisqueó el lóbulo antes de besarme en ese lugar tan sensible justo detrás. Este no era el mismo Jackson al que estaba acostumbrada. Era más rudo, más decidido. Me gustaba.

—¿Por qué? —pregunté, sintiendo el aire más frío entre mis piernas.

—Porque quiero acceso a esto. —Sus dedos se deslizaron en mi vagina y gemí. Suavemente colocó su otra mano sobre mi boca para silenciarme—. Shh —cantó mientras descubría lo mojada que estaba—. No quieres que tus hermanas escuchen que tu esposo te está follando.

Su voz fue un gruñido bajo. Solo pude asentir, así que bajó la mano y sentí que abría sus pantalones. Un dedo se deslizó dentro de mí poco después, follándome como lo haría su pene dentro de poco. Presionando mis labios, contuve los sonidos de placer que su tacto me provocaba.

—Normalmente eres muy ruidosa. Va a ser muy difícil para ti guardar silencio. —La voz de Jackson no fue más que un susurro. Apartó su mano de mi vagina y la movió a mi cadera y me atrajo hacia él, así que estaba doblada ligeramente en la cintura, con mis manos presionando la pared. Me sentí vacía y deseaba que metiera su pene dentro de mí. Jackson había entrenado mi cuerpo para que estuviera ansioso por él y no me iba a quejar. Lo que sea que lo impulsaba a él, me impulsaba a mí también.

Mirando por encima de mi hombro, me encantó lo que vi: el rostro tenso de Jackson, ansioso por la pasión, sus labios rojos, el color en sus mejillas, la mandíbula apretada, el cuello contraído. Estaba perfectamente vestido, excepto por su gran pene que sobresalía de su cuerpo. Nunca había tenido una vista más viril como la de este momento. Hacía mucho calor en la habitación y me relajé para lo que fuera que él me iba a hacer.

Sostuvo la base de su pene y luego lo acarició, una vez, dos veces, antes de alinearse con mi entrada. Estaba acostumbrada a que se tomara su tiempo, a que se deslizara lentamente para darme tiempo de adaptarme y estirarme en función de su enorme tamaño. Ahora no. En esta ocasión, se hundió hasta el fondo con un solo golpe. Gemí y puso su mano sobre mi boca para amortiguar los sonidos que no podía contener.

Me folló rústicamente, como él quería, y solo pude rendirme. A pesar de que me tomaba con fuerza, lo hacía de una manera silenciosa, pero el sonido de los golpes en mi carne mojada llenaba la habitación. Escuché que alguien pasó por el pasillo, pero no se detuvo. Tampoco Jackson. No le preocupaba que alguien entrara. No había ningún cerrojo en la puerta, nada que impidiera que una de mis hermanas entrara y se enterara cabalmente de lo que ocurría en un matrimonio. La idea de tener que mantener el acto tan íntimo, tan secreto y fuera del alcance de todos los demás me llevó al límite y no pude contener mi placer, especialmente cuando Jackson me forzaba a hacerlo.

Una mano se deslizó sobre la parte baja de mi espalda y más abajo, hasta que un dedo pasó por encima del más prohibido de los lugares.

—Aquí, Jacinta. Algún día te tomaré aquí.

La sensación de su tacto allí fue... increíble. El roce y el empujón de su dedo fue tan oscuro, tan carnal, que fue como si un relámpago atravesara mi cuerpo.

—Te va a encantar cuando mi pene

folle tu culo. Ah, sí, me estás apretando tan fuerte. ¿Te gusta esa idea?

No podía contenerme porque el placer era demasiado intenso, por sus palabras tan carnales, y a la vez tan embriagadoras. Jackson no estaba siendo gentil ni reservado conmigo. *Todo el mundo* era reservado con Jacinta Lenox. Pero yo ya no era esa persona. Ahora era Jacinta Reed y quería exactamente lo que dijo Jackson. Todo combinado —ser tomada con tan solo una puerta entre mi familia y yo, su dedo en mi entrada trasera, ser follada tan rústicamente— hizo que inevitablemente me corriera.

Mi grito fue amortiguado por la mano de Jackson mientras yo me apretaba sobre su pene. Al hacerlo, sentí cómo se hinchaba y se engrosaba, justo antes de que se pusiera rígido en mí. Cómo Jackson podía estar tan callado mientras se corría estaba más allá de mi comprensión, pero podía sentir su semen caliente y profundo que estallaba dentro de mí.

Quitando su mano de mi boca, la colocó en la pared junto a mi cabeza, y su frente se curvó sobre mí mientras ambos tomábamos aire.

—Me preguntaste qué quería —susurré, esta vez no para ser discreta, sino porque mi voz habitual no había regresado. Jackson emitió un sonido y lo tomé como una respuesta—. No me importa una casa ni un rancho. Solo quiero una cosa.

Me besó el cuello sudoroso.

—¿Y qué es eso, amor?

—Un bebé. Quiero un bebé.

Quería un bebé desesperadamente. Me había resignado a no tener uno y a tener que ayudar a mis hermanas a criar los suyos y no se parecía en nada a la idea de un bebé mío, uno que cargara y fuese mío. Mío y de Jackson.

Se quedó quieto detrás de mí y me

preocupó que quizás no fuera algo que él anhelara tanto como yo. La prioridad de Rosa siempre había sido dirigir un rancho, no tener niños. Ella no era del tipo maternal, pero asumía que si Rosa y Chance estaban tan ansiosos el uno por el otro como Jackson y yo, entonces ella estaría esperando un hijo lo suficientemente pronto, si no era que ya lo estaba.

—Jackson, yo...

Antes de que pudiera decirle que no importaba si no le interesaba ser padre, me tomó por la cintura mientras se salía de mí y giró para quedar sentado en mi cama conmigo en su regazo, luego me inclinó la barbilla hacia arriba.

—¿De verdad? —Se veía ansioso, serio y esperanzado con sus ojos azules sosteniendo y mirando atentamente los míos. Asentí—. Tienes tantas hermanas que pensé que no querrías tener más gritos y alborotos como los que has tenido que soportar hasta ahora. Pero con el número de veces que hemos follado, las posibilidades de tener un bebé son muy altas.

Me mordí el labio cuando escuché a Dalia gritarle a Azucena por el pasillo.

—Mis hermanas ya han crecido. Quiero un niño pequeño que se parezca a ti. Con el cabello y los ojos claros.

—¿Un niño? —Agitó la cabeza—. Yo quiero una niña con el cabello oscuro como el tuyo. Dulce y quizás un poco atrevida.

Algo tomó forma en mi pecho, algo como esperanza, anhelo, amor. Amor por un bebé que aún no existía, amor por un hombre que estaba dispuesto a darme todo lo que deseaba.

—Muy bien —respondí.

Con una mano en mi pecho, me empujó sobre mi espalda para que me acostara en la cama, con mis caderas todavía enganchadas en sus muslos. Era una posición incómoda y fruncí el ceño.

—¿Qué estás haciendo?

Sostuvo el dobladillo de mi vestido y me lo subió hasta la cintura, exponiéndome. Usando sus propias piernas, separó las mías y deslizó su mano entre mis muslos.

—Si quieres tener un bebé, necesitamos que este semen se quede dentro de ti. —Frotó el fluido que se había derramado sobre mis pliegues hinchados y me cubrió con él. En esta posición, con las caderas inclinadas hacia arriba, seguramente el espeso líquido tendría tiempo de echar raíces—. Es mi trabajo darte un bebé, y me gusta hacer bien mi trabajo.

No dejó de acariciarme, empezó a jugar con mi clítoris y me llevó al clímax de nuevo fácilmente. Arqueé la espalda y me mordí el labio para mantenerme en silencio mientras nuestros ojos se miraban todo el tiempo.

—Jackson —susurré. Esta vez su

nombre implicaba muchas cosas. Anhelo, necesidad, felicidad, esperanza. Tenía que esperar que su semilla se quedara en mí, por el bebé que ambos queríamos desesperadamente.

10

ACKSON

ERA imposible ocultarle mi enfado y mi frustración a Jacinta, pero ella no los podía notar porque la distraje con otra follada. No esperaba reclamarla con tanta intrepidez, pero me perdía en su cuerpo y lo necesitaba. Y ella también al mío, al parecer. Estaba desesperado por sentir todo el tiempo la conexión entre nosotros, por estar en el mismo lugar que la única persona que hacía que todos los problemas desaparecieran. Pero poco duró.

Cuando me reuní con mi padre en el establo, me contó acerca de la llegada del hombre del ejército. Conocía al coronel Jeffries y él me conocía a mí. Si alguien necesitara un francotirador, no le importaría si me habían dado de baja o no, especialmente a Jeffries. Debido a que yo era tan bueno como francotirador, podría ser indispensable, por eso no entendía por qué me dejaron ir en primer lugar. Quizás lo hicieron a sabiendas de que no tardarían mucho en volver a llamarme.

Mi padre había retrasado lo inevitable desde que supo que me había casado y envió al hombre de vuelta a la ciudad antes de que pudiera completar la misión de reclutarme. Sabía que debía persuadirme, pues había llegado demasiado lejos como para que lo rechazara y regresar con las manos vacías, así que permanecería en la ciudad, esperándome. Me dio unos días con mi esposa, pero eso sería todo. Me vería obligado a regresar a Fort Tallmadge o a algún otro puesto nada cerca del rancho Lenox. Maldición. ¡*Maldición*!

Mi tiempo con Jacinta era limitado, pues no podría llevarla conmigo, no podría someterla a los horrores del servicio, de lo que seguramente presenciaría —de lo que yo haría— una vez más.

Cuando ella me despertó de una de mis pesadillas, le dije —le advertí— que yo no era una buena persona. Compartí con ella algunos detalles de mi pasado, pero no toda la verdad, era muy difícil de asimilar para cualquiera, incluso para mí. Por eso me despertaba con sudores fríos, con miedo de volver a dormir. Decirle que había formado parte de regimientos que masacraban a grupos de inocentes haría que Jacinta me odiara y eso la arruinaría. Ella era tan dulce, tan perfecta, que estar unida a gente que odiaba a los indios y los echaba de sus tierras la destruiría.

Nuestro matrimonio terminaría apenas comenzado. Tal vez podría obtener la baja o eventualmente regresar a una vida simple de dedicación a la ganadería, pero ¿estaría más dañado de lo que ya estaba? Había oído hablar de hombres que se despertaban de sus pesadillas y peleaban o lastimaban a la gente sin siquiera saber que ocurría. ¿Sería yo uno de esos hombres y haría daño a Jacinta o al niño que seguramente habíamos concebido? No podría vivir conmigo mismo si algo le pasara, menos aún si fuera por mi culpa.

Así que cuando la encontré en su habitación, la tomé sin reparos. No podía ser un caballero y la follé como necesitaba, rústico y básico, y de un modo muy sucio. Vi la roseta velluda de su culo y no pude resistirme a tocarla allí, a hacerle saber que algún día reclamaría ese lugar. Cuando se vino, debido a que mi dedo la estaba presionando suavemente, llenando sus dos irresistibles entradas, no pude contenerme. Me corrí con dureza.

Fue su admisión, su anhelo por un bebé lo que casi me destruyó. Aunque quería ver a esa niña de cabello oscuro que concebiríamos, el ejército tenía otros planes para mí. Si iba a dejarla, entonces tendría que darle todo lo que su corazón deseaba. Si era un bebé, entonces me aseguraría de que ocurriera. Follar con ella con frecuencia ayudaría y no sería una dificultad. El tiempo, sin embargo, era limitado, así que pasé estos dos días haciendo justamente eso, con un entusiasmo y un vigor que se parecían a la desesperación. La reclamé una y otra vez, llenándola con mi semen, fijando en mi memoria su aroma, la sensación de

su piel, la forma en que su vagina apri-
sionaba mi pene, el sonido de sus gritos
de placer. Todo.

La acompañé a la casa grande y le
besé la frente antes de ir a la ciudad con
mi padre para ver al coronel Jeffries, no
sin antes decirle que estaría ayudando a
mi padre con los suministros, en vez de
confesarle que la dejaría por su propio
bien. Eso fue todo. No pude despedirme,
porque las palabras se atascaron en mi
garganta y me tomó toda la fuerza de voluntad que pude reunir dar un paso atrás
y alejarme, a sabiendas de que seguramente un bebé crecería en su vientre.
Jacinta podría ser feliz con una parte de
mí hasta que regresara. Algún día.

JACINTA

. . .

PASÉ la mayor parte del día en la casa grande, trabajando con la señorita Trudy y cosiendo cortinas nuevas para el salón. A pesar de que las demás podrían haberla ayudado, yo tenía un punto más fino y no hablaba mientras trabajábamos. La señorita Trudy encontraba ambos aspectos importantes para este proyecto. Con Jackson en la ciudad, no tuve que preocuparme por que me arrastrara a un rincón oscuro y se saliera con la suya, aunque la idea tenía mérito. Eran más de las cuatro cuando la señorita Esther llegó a la cocina para empezar a preparar la cena. Limpiamos y me fui caminando a casa.

A casa.

A la pequeña casa que fue solo del Gran Ed, que luego se convirtió en suya y de Jackson, y temporalmente, en mía y de Jackson, la veía como un hogar. Mientras que yo había vivido en la casa grande desde que llegué al Territorio de

Montana, cuando era una niña pequeña, el dormitorio de Jackson parecía más un hogar que cualquier otro sitio. No era la habitación en sí, porque no era muy interesante con sus escasos muebles, pero era donde Jackson estaba, donde me abrazaba durante toda la noche, donde me volvía hacia él y me besaba, donde me metía debajo de él y me tomaba. Le pertenecía a él, no importaba dónde fuera eso.

Vi al Gran Ed avanzar hacia mí y lo saludé, entrecerrando los ojos por el brillo del sol.

—Hola, Jacinta —dijo mientras frenaba la carreta y luego se bajó. El caballo de Jackson estaba atado a la parte de atrás y no se veía tan animado como siempre. De hecho, parecía bastante sombrío. Algo andaba mal; podía sentirlo en mis huesos.

—¿Cómo estuvo el viaje a la ciudad? —pregunté de forma neutral.

Se quitó el sombrero y frunció los labios.

—Jackson se ha ido.

Sus palabras se sintieron en mí como si me hubiera tragado una bola de plomo, sentí calor instantáneamente, luego frío. Aunque yo no era de los que se desmayaban, era posible que en este momento lo hiciera.

—¿Disculpe?

—Esto no es fácil de decírtelo y hablamos sobre la mejor manera de anoticiarte. Realmente no hay una manera fácil.

—Muy bien —respondí de manera poco expresiva.

—El ejército le pidió que regresara.

Fruncí el ceño.

—¿Regresar? Pensé que fue dado de baja.

Las yemas de mis dedos temblaban y mi corazón latía tan fuerte que era difícil escuchar la respuesta.

—Ciertamente, pero ya sabes lo buen tirador que es. Lo has visto. —Asentí—. Todavía lo necesitan. Alguien vino por él y no tuvo otra opción que ir.

Sacudí la cabeza mientras hablaba.

—Dijo que ya no estaba en el ejército, que podíamos construir una casa o comprar un rancho. No mencionó que pudiera tener que irse.

El Gran Ed se acercó un paso más y puso una mano grande en mi hombro.

—Él no lo sabía. No hasta el otro día cuando vino el coronel.

Miré el rostro desgastado del anciano. El hombre había llegado el día después que nos casamos. El Gran Ed le contó sobre nuestras nupcias y se fue. Eso significaba...

—¿Usted lo sabía? —Di un paso atrás. Tanto él como Jackson supieron en ese momento que tendría que marcharse y ninguno de los dos me lo dijo—. Él también lo sabía. —Las lágrimas me obstruyeron la garganta y no pude hablar. Volví a dar un paso atrás y tropecé; el Gran Ed me alcanzó, pero levanté la mano para mantenerlo alejado—. Jackson... ni siquiera se despidió. —Las lágrimas corrían por mis mejillas y las aparté.

—No pudo. Él... lo juro, cariño, que esto lo estaba matando. No quería que te preocuparas, que te quedaras atrapada en las cosas horribles que están pasando en el ejército, con los indios. Todo. Quería protegerte.

—¿Que no me preocupara? ¡Que no me preocupara! ¿No quería que me preocupara? —Mi voz subió de tono y los caballos se agitaron en su arnés—. Iré a verlo y le diré que está siendo ridículo.

Me dirigí hacia la carreta, lista para cabalgar a la ciudad y hacer entrar en razón a Jackson, pero el Gran Ed ató su brazo alrededor de mis brazos y me giró para que lo mirara.

—Se ha ido, cariño.

—No. ¡No! Fueron a la ciudad esta mañana. No puede haberse *ido*.

—Salieron una hora después de que llegáramos a la ciudad. Lo necesitaban en Fort Tallmadge.

—Pero... —No lo entendía—. Necesito ir con él.

—Me hizo prometerle que me quedaría en la ciudad hasta tarde por esta razón, para que no pudieras seguirlo.

Parpadeé, intentando verlo claramente a través de las lágrimas.

—Él... él no me quiere, preferiría estar en el ejército. Ni siquiera se despidió —repetí.

Me volví y me escapé, corriendo hacia la pequeña casa que ya no era mía.

—¡Jacinta! —gritó el Gran Ed—. Él te ama. Te ama tanto que era mejor dejarte.

Escuché las palabras, pero si había verdad en ellas, lo hacía mucho más doloroso. Me sentía rota, como si mi corazón estuviera expuesto y sangrando. Me enamoré de Jackson, del hombre que era, de sus cicatrices y todo. No me importaba que tuviera pesadillas. No me importaba que hubiera hecho cosas malas para el ejército. Simplemente lo amaba. Eso no pareció ser suficiente. Yo nunca era suficiente. Si me amara, al menos me lo habría dicho o explicado, o me habría llevado con él. Había esposas con sus esposos militares. ¿Qué había de malo conmigo para que no pudiera ir con él? Si me amara, no me habría dejado.

—Jacinta.

Me enterré más bajo las sábanas, metiendo una de las camisas de Jackson más cerca de mi pecho. Solo había pasado varios días en la cama de Jackson, pero aún no tenía intención de renunciar a ella. Seguramente el Gran Ed querría recuperar su casa, pero no me había molestado desde que me escapé de él.

—Jacinta Reed. —La voz volvió a llamar, esta vez más fuerte y con mucha más intención—. Sal de debajo de esa manta y hablemos.

Era la señorita Esther. Me quejé internamente. No podía esconderme más, porque si no tiraba de las cobijas por mi cuenta, ella me las arrancaría. Suspiré y empujé las sábanas hacia abajo para poder mirarla.

La habitación estaba oscura y apenas podía verla. Escuché el chasquido de un fósforo y el lugar cobró vida. Encendió la lámpara al lado de la cama y la habitación se llenó con un brillo dorado. La señorita Esther me miró con la boca fruncida y los ojos entrecerrados. Reconocía esa mirada de decepción.

—Has estado en esa cama durante un día.

Ella solo pinchó mi ira y entrecerré los ojos.

—Y planeo quedarme aquí al menos otro. —Me cubrí la cabeza con las sábanas, pero las tiró hacia abajo.

—Así que vas a revolcarte en tu propio dolor y a sentirte miserable.

—En el futuro cercano, sí.

Se inclinó.

—Esperaba este tipo de comportamiento de Lirio, tal vez de Dalia. ¿Pero tú?

Me senté y le arrojé la camisa de Jackson, la cual atrapó fácilmente.

—Él me *dejó*, señorita Esther. Creo que ser abandonada por mi esposo a menos de una semana después de haberme casado me permite un poco de autocompasión.

—Él no *murió*, Jacinta —contestó, poniendo sus manos sobre sus caderas.

—Esto es aún peor. *Eligió* marcharse. *Eligió* el ejército antes que a mí.

Sus ojos subieron con eso.

—Eres una pequeña malagradecida...
—Respiró profundo y luego volvió a empezar—. Tuve un hombre una vez. Él me amaba y yo lo amaba a él. Estábamos comprometidos para casarnos y me había ido de la casa de mis padres, donde había demasiadas bocas que alimentar. ¿Sabes lo que pasó?

Agité la cabeza. Nunca antes había escuchado esta historia y pensar en la señorita Esther enamorada era una completa sorpresa. Había estado sola desde que tengo memoria.

—Murió. Por la fiebre. Se dispersó en la ciudad y se llevó muchas vidas, incluyendo la suya. Everett era un buen hombre e iba a ser mío. En vez de eso, seguí a la señorita Trudy al burdel una semana después, mis padres ya no podían alimentarme. Mientras ese hombre tuyo esté vivo, tienes una oportunidad.

Las lágrimas me llenaron los ojos por

lo que la señorita Esther perdió, por lo que nunca tuvo realmente. Yo había pasado casi una semana con Jackson y no cambiaría ese tiempo por nada. Ella tenía razón, él no estaba muerto. En lugar de hacerme sentir mejor, me hizo sentir mucho peor. No pude evitar las lágrimas, porque aunque había llorado la mayor parte del día, parecía que había más.

—Lo siento. Siento mucho lo de tu hombre. Tienes razón. Soy una desagradecida. Es solo que... es solo que... —Con hipo, me sorbí la nariz— ¡me dejó! Ni siquiera se despidió.

—¿Por un momento has pensado que ese hombre *quería* dejarte? —Señaló hacia la puerta, aunque sabía que él no estaba detrás.

Empecé a asentir, luego me detuve. Habíamos hablado de concebir un bebé, de construir una casa, pero luego Jackson se detuvo. Fue justo cuando supo que se iba a ir. Aunque sabía que tenía que irse, dejó de lado nuestros sueños de una vida juntos, porque sabía que estaría mintiendo. En vez de eso, me tomó una y otra vez como si no pudiera tener suficiente. Cada vez que me follaba era tan atento, tan dominante en sus atenciones, que se sintió como si estuviera haciendo lo mejor, porque podría ser lo último. Me estaba llenando con su semilla, dándome lo que más deseaba. Un bebé.

—Le contó algunas cosas de su labor al Gran Ed, pero no te diré nada hasta que te levantes de la cama, te pongas un vestido nuevo y vayas a la cocina.

Se giró sobre su talón y se fue. Escuché el ruido de la cafetera en la estufa y supe que tenía que moverme. Solo la curiosidad me hizo levantarme y refrescarme. La señorita Esther podría obligar a una serpiente a salir de un agujero.

Me senté en la mesita y esperé tranquilamente mientras la señorita Esther nos preparaba café a las dos y se acomodó frente a mí.

—Has oído hablar de Custer y de la lucha con los indios en el Territorio Crow.

Mis ojos se abrieron de par en par al mencionar la sangrienta masacre. Fue hace más de diez años, pero el hecho de que esto ocurriera en el Territorio de Montana lo hacía aún más fresco para todos. Circulaban muchos relatos de lo que había ocurrido, pero yo sabía que muchos hombres morían a ambos lados de la batalla.

—¿Jackson estaba allí? —pregunté, aturdida y asustada. Ahora sabía por qué tenía pesadillas.

La señorita Esther asintió.

—Por lo que dijo el Gran Ed, ese fue uno de sus primeros enfrentamientos con los indios, una de sus primeras batallas en el ejército. Estaba con Reno, el hombre que vino a luchar desde el sur, así que la mayor parte de la matanza había terminado para cuando él llegó ese regimiento. Aún no era un francotirador, pero eso forjó su carrera.

Mis dedos agarraron mi taza lo suficientemente fuerte como para que mis nudillos se volvieran blancos.

—¿Qué edad tenía? ¿Diecinueve en ese momento?

Asintió.

—Más o menos. Eso fue cerca del final de los Sioux. Hubo toda una campaña para acabar con ellos. —Me encogí al escuchar la verdad, pero era muy vaga en comparación con lo que Jackson tenía que soportar—. Supongo que Jackson sobresalió como francotirador y pronto se convirtió en uno de los mejores, quizás *el mejor* de estos lugares. El coronel llegó a principios de semana para llevarlo de vuelta a una misión especial. —Tomó un sorbo de café—. No sé de qué, y tampoco lo sabe el Gran Ed. Jackson tampoco.

—No se quería ir —Lo sabía. Recordé cómo me tocó, como me consumió en los últimos días.

—No quería —estuvo de acuerdo la señorita Esther—. La pregunta es, ¿te vas a sentar aquí a llorar o vas a estar con tu hombre?

Mi taza se me escapó de los dedos y golpeó la mesa con fuerza, el café se desbordó—. ¿Ir para estar con él? Él me dejó.

—Cierto, pero estaba haciendo lo que creía mejor, no lo que es correcto.

Fruncí el ceño.

—¿Hay alguna diferencia?

—Jacinta, te quiero. Tú lo sabes. —Asentí ante sus palabras francas, palabras que no compartía muy a menudo—. Nunca has defendido nada en tu vida. Dejaste que tus hermanas te menospreciaran. Esa pobre chica, Jane, dejaste que ese accidente... —Levantó la mano para evitar que yo discutiera— casi te alejara del hombre que amas porque tenías miedo de volver a sentir. Fue terrible lo que les pasó a ti y a tu amiga, que en paz descanse. Pero incluso *Jackson* te menospreció, lo que está bien y es bueno, porque a veces una mujer solo necesita eso. ¿Quieres estar con Jackson o no?

Sus palabras dolían, pero había una gran verdad en ellas. Asentí.

—Entonces, por una vez en tu vida, haz lo que *crees* que es correcto, lo que diga tu corazón. Deja que tus hermanas, el pueblo, todos sean condenados. Es tu vida, ahora ve a vivirla.

—¡No puedo... no puedo simplemente ir a Fort Tallmadge yo sola!

Sonrió ante mi arrebato.

—Por supuesto que no puedes. Por eso iré contigo.

11

ACKSON

JEFFRIES RASTRILLÓ la pequeña pila de dinero hacia él en la mesa desgastada. Su sonrisa era algo inusual de ver ya que el hombre raramente ganaba en el póquer y ocasionalmente bebía. Quizás una gran cantidad de whisky era necesaria para ayudarle a tener esa habilidad.

—Apuesto que estás contento de

volver a casa —dijo, agachándose para recoger una moneda que se había caído al suelo.

—Podrías haberme dicho por qué fuiste a "reclutarme". Pensé que me necesitaban para una misión.

El hombre puso los ojos en blanco —definitivamente un signo de embriaguez — y levantó las manos al aire.

—Me lo recuerdas cada diez minutos, además todavía me duele la mandíbula, en donde me golpeaste. —Levantó la mano hasta el lugar donde mi gancho de izquierda lo había golpeado una vez que me arrastró hasta Fort Tallmadge y me puso en fila con otros para que recibiéramos menciones de honor. No me habían llamado para volver al trabajo. No me querían como francotirador. Querían ponerme una medalla en la chaqueta —en persona— porque el encargado del Presidente viajó desde Washington para hacerlo—. Todos sabíamos que no vendrías si te decíamos la razón.

Esta era una conversación que tuvimos una y otra vez desde que me fui con él hacía una semana. Pasé dos días en la silla de montar, hundido en la miseria, pensando en que tendría que matar gente una vez más. En vez de eso, me dieron una palmada en la espalda y me pusieron una medalla en el pecho. Después, ya era libre de irme.

Estaba tan enfadado que solo quería volver al rancho y suavizar las cosas con Jacinta. Ella podría haber ido conmigo, haber visto la ceremonia de entrega de medallas, aunque me importaba un carajo la medalla. Me importaba Jacinta. No creía que volver a ver a Jacinta sin Jeffries fuera a salir bien; tendría suerte si ella me volvía a hablar. Estaba ansioso por cabalgar durante la noche para poder volver a estar con ella rápido y hacer las cosas bien, pero eso no iba a suceder. Jeffries aceptó acompañarme, pero me hizo entrar en razón al decirme que mataríamos a nuestros caballos al hacerlo.

Una de las chicas de la cantina se acercó a nuestra mesa y puso un brazo alrededor de los hombros de Jeffries.

—Parece que estás teniendo una buena noche.

—Sí, señora —contestó, pero sus ojos no llegaron hasta el rostro de ella, sino que se detuvieron justo por encima del borde de su corsé, en el busto abundante que tenía en exhibición.

—Quizás pueda hacer que esta noche sea mejor aún —ronroneó, quitándole de la cabeza el sombrero del ejército y poniéndoselo ella—. Me llamo Mabel.

Saludó a una amiga que se dirigía hacia nosotros.

—Puedes llamarme Coronel —dijo Jeffries, atrayéndola a su regazo.

La mujer era atractiva, pero el maquillaje en sus ojos y las mejillas enrojecidas la hacían lucir escandalosa. Su amiga, que había venido a unirse a nosotros, puso su brazo alrededor de mi hombro, imitando a su amiga. No me atraía para nada. Quería a Jacinta. Soñaba con ella y extrañarla había borrado todas mis pesadillas. Anhelaba su piel suave, sus pequeños jadeos de deseo, su aroma limpio. Era un tipo de tortura completamente diferente.

Mientras levantaba el brazo de la mujer de mi hombro para que pudiera dirigirse a un hombre más ansioso, escuché:

—Quita tus manos de mi esposo.

Me detuve a mitad de camino pensando que estaba oyendo cosas. Las cejas de Jeffries subieron tanto que se perdieron debajo de su cabello. Todo el mundo se quedó en silencio en la gran sala, incluso el pianista se detuvo. Me giré en mi silla para confirmar que Jacinta estaba realmente detrás de mí. Allí estaba mi esposa, con un fuego furioso en sus ojos, destellos de color rojo en sus mejillas y un arma en la mano. Ambas mujeres se alejaron, aunque por el rabillo del ojo vi a Jeffries jalar a Mabel de vuelta a su regazo.

—Esa es *su* esposa, no mía.

Me puse de pie y me enfrenté a Jacinta.

—No es lo que parece, amor.

Levantó una ceja.

—Díselo, Jeffries —dije, sin mirar a mi amigo.

—No es lo que parece —repitió el hombre.

Cuando bajó el arma, la música comenzó de nuevo y todos volvieron a sus cartas, mujeres o bebidas. No sabía si debería estar encantado de verla o si querría arrojarla sobre mis rodillas y darle unos azotes hasta la semana siguiente.

—Jacinta Reed, ¿qué demonios estás haciendo aquí?

—No voy a dejar que me dejes por el ejército —dijo ella, poniendo sus manos en sus caderas.

Nunca la había visto tan decidida. Su ira estaba por los cielos y fue lo más caliente que vi en mi vida. Jacinta, *mi* Jacinta, estaba furiosa y nunca vi nada más increíble. Probablemente esta era la primera vez que hacía algo tan atrevido en toda su vida. Debajo de su bravuconería, tenía que imaginar que estaba temblando de miedo. Tenía que ver qué haría, cuáles eran sus intenciones, así que no le dije la verdad. Todavía.

—¿No lo harás? —pregunté, dando un paso hacia ella. Aunque había dado un gran espectáculo, no necesitaba que todos en la cantina supieran los detalles de nuestra disputa.

Negó con la cabeza. Su cabello estaba bien recogido y su vestido era fresco, impecable y puritano. Mostraba sus hermosas curvas, pero eso era todo. Yo era el único hombre que sabía cómo era ella y ese poder, ese privilegio, era humilde. Había venido por mí y en ese momento, no podría haberla amado más si lo hubiera intentado.

—Me ayudaste con mis miedos, me hiciste ver que me escondía detrás de ellos en vez de vivir. Aunque probablemente nunca me sentiré completamente segura cerca de ese arroyo y siempre me sentiré culpable por lo de Jane, se siente bien olvidarlo y seguir adelante. Pero tú —Me señaló el pecho con el dedo— ...guardaste tus problemas para ti y luego me dejaste porque no era digna de ayudarte con ellos.

Ladeé la cabeza y suspiré por sus palabras. Antes, no pensaba que fuera digna de mí, lo que no me hacía feliz, pero acababa de decir que *yo* pensaba que ella no era digna, y eso era mucho peor. Cometí un gran error y tenía que arreglarlo.

—He hecho cosas horribles, amor. Estoy manchado. Pensé que tendría que volver a hacer las mismas cosas de nuevo. No podía ir a dispararle a la gente y luego volver a casa contigo. Tú también estarías manchada.

—Eso no era algo que debías decidir solo —contestó.

—Cuando se trata de tu seguridad, a veces no hay elección.

—¿Habría estado en peligro?

—No.

—Entonces no debiste haberme dejado.

Me acerqué más y suspiré:

—No deberías tener que vivir con un asesino.

Sus ojos oscuros se ensancharon.

—¿Crees que eres un asesino?

—Sé que lo soy. —Admitir la verdad

todavía me daba ese apretón en el estómago que nunca desaparecería.

—Entonces yo también soy una
asesina.

Fruncí el ceño.

—¿De qué demonios estás
hablando?

Discutíamos en el medio de una cantina, con Jeffries y una mujer atrevida en
su regazo escuchando. El resto de los
clientes nos ignoraban. No estaba seguro
de si este tipo de cosas sucedían con la
frecuencia suficiente como para que
fueran algo común o si los otros estaban
demasiado borrachos como para que les
importara.

—Yo llevé a Jane al arroyo. Fue idea
mía. Murió debido a mis acciones.

Negué con la cabeza.

—No hay comparación. Tú no apre-
taste el gatillo. Hablando de eso, entré-
game el arma. —Me acerqué y le quité el
arma de la mano.

—Estabas haciendo tu trabajo —dijo ella.

—*Estabas* haciendo tu trabajo —repitió Jeffries.

Ambos miramos al coronel.

—No puedes dejar que eso te pudra, Reed. Tu trabajo era ser un francotirador. Sabías que al entrar no estabas practicando para cazar antílopes. Siempre lo has sabido. Estabas bajo órdenes y salvaste muchos hombres.

Negué con la cabeza a mi amigo. Mabel deslizó su dedo hacia adelante y hacia atrás a lo largo de su cuello, pero no estaba distraído.

—Vamos a ir de aquí para allá hasta que estés frío en tu tumba, y todavía no resolverás por qué tu esposa está aquí. —Sonrió y dirigió su atención a Mabel. Miré a Jacinta.

—No te voy a dejar. Dijiste que estaríamos juntos, que me darías lo que quisiera. Quiero estar contigo.

—Jacinta. .

—¿Qué era lo único que yo quería? —me preguntó. Su voz salió como un susurro, casi una súplica. Miré su vientre plano y luego levanté los ojos para encontrarme con los suyos.

—¿Estás...?

Se encogió de hombros.

—Aún no lo sé, pero no puedo conseguir lo que me hará feliz, a menos que estés cerca. —Miró de lado a lado—. Tal vez estoy siendo demasiado selectiva en la elección del padre.

Eso fue todo. Despertó mi ira sin más.

—Al diablo —Y luego la arrojé por encima de mi hombro y la cargué por las escaleras hasta una de las habitaciones.

—¡Jackson! —gritó, golpeando mi espalda con sus puños.

Cerré la puerta con una patada detrás de mí.

—No puedes llevarme a la habitación de una de tus... tus mujeres.

La puse de pie ante mí con mucho cuidado.

—En primer lugar, este es el único lugar en esta ciudad abandonada por Dios que tiene camas. En segundo lugar, no tengo ningún interés en ninguna mujer más que en ti. En tercer lugar, no voy a tomar un trabajo en el ejército. Solo querían darme una estúpida mención de honor. Se negaron a decírmelo hasta que llegué al fuerte porque sabían que, de lo contrario, no te dejaría. Allí estaba un idiota de Washington y esperaban que todos nosotros estuviéramos presentes.

Su boca se abrió.

—Quieres decir que no...

Negué con la cabeza.

—Iba camino a regresar contigo. Obligué a Jeffries que me acompañara para explicártelo en caso de que no me creyeras, lo cual parece ser el caso. Desafortunadamente, es muy probable que el hombre esté ocupado hasta mañana con Mabel. Y no tengo intención de dejarte salir de esta habitación hasta el amanecer.

—No debiste haberte ido —dijo con las lágrimas que le colmaban los ojos.

—No deberías haber venido a buscarme sola.

—La señorita Esther está conmigo.

Di un paso atrás.

—¿Aquí? ¿En la cantina?

Negó con la cabeza.

—No, se quedará a dormir en una habitación en la enfermería del médico del pueblo. Estás cambiando todo. Yo soy la que está enfadada, Jackson.

—No permitiré que mi esposa entre en una cantina y apunte un arma. ¿Sabes lo peligroso que es eso?

—No permitiré que mi esposo vaya a ser francotirador en el ejército sin mí.

—Puedo resolver tu problema fácilmente. *No* voy a volver al ejército. No me quieren y estoy seguro de que yo no los quiero a ellos. Me cansé de ser un francotirador. Estoy harto de ser cualquier cosa que no sea ser tu esposo.

—Oh —contestó ella y sus hombros se relajaron. Coloqué el arma en una mesita junto a la puerta y me senté en la cama, que produjo un chirrido con mi peso.

—Ven aquí, amor. —Me miró, luego se acercó para ponerse de pie entre mis rodillas y yo puse mis manos en su estrecha cintura—. Me asustaste.

—Lo siento, Jackson.

—Yo también lo siento. Quería decírtelo, quería estar contigo, pero, amor, hay cosas de mi pasado, como a ti, que me persiguen. Te guardaste la culpa que sentías durante una década, así como yo tampoco quiero compartir la culpa de lo que hice. Moría por ti, Jacinta. Dejarte fue lo más difícil que he hecho y te juro que no lo volveré a hacer.

Su mano se acercó y me acarició el cabello. La sensación de suavidad fue tranquilizadora.

—Y yo juro que nunca volveré a entrar en una cantina por ti. Pero si veo a otra mujer con el brazo alrededor de tu cuello, no seré responsable de mis acciones.

Sonreí ante su respuesta ácida, porque me deleitaba que admitiera sus celos.

—Sí, señora. Debería azotarte por tu comportamiento completamente irracional.

—Jackson —advirtió, tratando de alejarse de mis brazos.

—Pero no lo haré.

—¿Eh? —preguntó, colocando sus manos sobre mis hombros. Estaba tan cerca, tan cerca que pude captar su aroma floral y sentir su cálido aliento en mi rostro. Levanté la mano, empecé a sacarle las pinzas del cabello y las dejé caer a sus pies.

—¿Sabes lo que me hiciste cuando me apuntaste con esa pistola?

Negó con la cabeza y se mordió su delicioso labio inferior.

—Me pusiste duro.

Sus ojos se ensancharon, y luego miró hacia abajo entre nosotros donde seguramente podía ver mi pene duro como una roca que presionaba mis pantalones. Después de todas las formas en que habíamos follado, era demasiado inocente como para entenderlo, apenas la había tomado por primera vez hacía una semana. Parecía mucho más tiempo.

—¿Lo hice? —preguntó.

Mientras asentía, agregué:

—*Debería* azotarte por no considerar tu propia seguridad, pero me gusta ver el lado salvaje de Jacinta Reed y tu posesividad es muy excitante.

—Eres mío, Jackson. No podía soportar que le dieras tu corazón a otra.

Tomé sus manos y las coloqué contra mi pecho, directamente sobre mi corazón.

—Te pertenece a ti, amor. Solo a ti.

—Bien, porque no creo que pueda amar a alguien que no me ame a mí.

Sonreí por su manera de decirme que ella también me amaba.

—He sido negligente en mis deberes.

Me acosté de espaldas en la cama, tiré de ella y aterrizó directamente encima de mí, con su cabello que cayó sobre nuestros rostros como una cortina.

—¿Como esposo?

Le subí el vestido por sus piernas.

—Llenándote con mi semen.

—Sí, lo has sido. Me he sentido tan vacía, Jackson. —Su voz adoptó un tono de puchero. A pesar de que estaba jugando conmigo, sus palabras me hicieron gemir.

—¿Dónde? —pregunté, con las manos sobre su trasero, y luego me sumergí para tirar de sus muslos justo antes de que mis dedos rozaran su calor resbaladizo—. ¿Aquí?

Me sumergí en su entrada y sus paredes internas se apretaron en mi dedo.

—Sí —susurró, con su aliento soplando por todo mi cuello.

Jugué con su vagina durante un largo minuto, saboreando la sensación. La extrañaba, extrañaba tocarla, extrañaba su muy ansiosa y lista vagina. Pero eso no fue suficiente, así que deslicé mi mano hacia atrás, hacia su pequeña y fruncida entrada virgen.

—¿Qué tal aquí? ¿Te sientes vacía aquí?

—Jackson —suplicó. La última vez que la toqué allí, se vino, así que sabía que este juego era placentero para ella, pero no había hecho más que meter la punta de mi dedo dentro.

Levanté mi otra mano para ponerle un dedo en la boca y lo deslicé por su labio inferior. Cuando abrió la boca, metí mi dedo dentro y ella lo chupó.

—¿Qué tal aquí? ¿Tu boca se siente vacía sin mi pene?

Soltó mi dedo en un jadeo mientras yo continuaba jugando con su vagina y su culo.

—Jackson, por favor —suplicó.

Yo estaba duro como una roca sobre su vientre y no tenía intención de negarnos, a ninguno de los dos, lo que tan desesperadamente   queríamos. Volteándome, la puse debajo de mí y empecé a quitarle su vestido. Sus manos se acercaron a mi camisa y luchamos con nuestra ropa, nuestra respiración salvaje y nuestros movimientos frenéticos hasta que ambos estuvimos desnudos.

Entonces la besé y las puntas de sus senos se endurecieron mientras presionaban mi pecho. Sus piernas subieron, así que me acomodé en sus caderas, sus rodillas me sostuvieron firmemente. Estos no eran los besos vírgenes y castos que compartí con ella la primera vez. Esto era un apareamiento de bocas, donde hubo una sequía y finalmente encontramos alivio. Necesitaba esto, necesitaba saber que su ardor coincidía con el mío, saber que yo estaba tan perdido en ella como ella en mí.

No me detuve en su boca, sino que bajé por su cuello hasta sus senos y tomé un pezón tenso con mi boca y lo succioné, sabiendo que un bebé de nuestra creación pronto haría lo mismo. Cambiando al otro, la llevé cerca del orgasmo. Sus gritos de suspiro y la forma en que se arqueaba y tiraba de mi cabello eran una indicación de que le encantaba. Besé su vientre para poder asentarme entre sus muslos, en donde emanaba el dulce aroma de su excitación. Tiré juguetonamente de los rizos oscuros que cubrían su vagina.

—Estos se van a ir. En cuanto lleguemos a casa, te afeitaré.

Se incorporó sobre sus codos y me miró con las mejillas sonrojadas y los ojos nublados por la excitación.

—¿Por qué? —preguntó.

Rocé su clítoris con la nariz, luego endurecí mi lengua y lamí en la unión.

—Porque va a ser mucho más intenso para ti si tienes esta vagina desnuda y suave. Creo que tengo un trabajo por hacer.

Me levanté, puse mi mano entre sus senos y la empujé hacia abajo; la sostuve fijamente mientras lamía, mordisqueaba y comía su vagina. No había ni un centímetro de ella que no conociera y del que no me ocupara. Cuando metí dos dedos dentro y toqué su clítoris, la llevé al clímax fácilmente y su placer escapó con un grito muy encantador.

No me detuve hasta que lo último de su orgasmo se desvaneció y quedó jadeante ante mí.

—Me alegro de que estemos en una cantina, amor, porque nadie cuestionará tus gritos de placer aquí. —Si ya no estuviera tan sonrojada, estaba seguro de que vería sus mejillas volverse de un tono rosado brillante—. Ahora bien, creo que me estoy tardando en hacerte venir.

Podía pasar todo el día entre sus muslos separados y quería que se viniera al menos dos veces más antes de enterrarme profundamente dentro de ella. El segundo orgasmo fue fácil de lograr, porque ni siquiera se había recuperado del primero. Me agarró el cabello mientras lo disfrutaba, con sus pies presionando mis costados.

—No, Jackson, no puedo. Es demasiado —gritó con el cabello húmedo y pegado a su frente.

—Uno más, amor, y luego te follaré.

Murmuró incoherentemente mientras yo lamía los jugos que seguían saliendo de su vagina. No había duda de que estaba lista, que mi pene se deslizaría fácilmente hacia adentro. Pero tenía que venirse una vez más. Esta vez cubrí mi dedo con su excitación y lo llevé a su culo, para rodear la pequeña entrada una y otra vez y permitir que se relajara luego de la sorpresa inicial.

—Esta vez, amor, vas a venirte mientras te follo el culo con mi dedo.

Negó con la cabeza, pero no dijo nada, demasiado perdida en su propio cuerpo como para poder resistirse ahora. Me aseguré de que estuviera bien lubricada y empecé a empujar lentamente hacia su entrada, aunque su cuerpo luchaba conmigo. Me tomé mi tiempo y bajé la cabeza para mover la lengua sobre su perla rosada. Esa acción hizo que su cuerpo se relajara y vi cómo mi dedo se deslizaba dentro de su entrada trasera virgen.

—Eso es, qué chica tan buena. Te voy a follar aquí una vez que te tenga bien preparada, pero no hasta que tengas a nuestro bebé en tu vientre. No quiero desperdiciar ni un poco de semen hasta entonces.

Gimió ante la nueva sensación de que le penetrara el culo, pero esto fue solo al principio. No tenía dudas de que se vendría. La forma en que movía sus caderas a tiempo con mis dedos me hizo bajar la cabeza para chupar y lamer su clítoris. No pude esperar más, mi pene ya filtraba el fluido que significaba que necesitaba enterrarse profundamente. Me dolían las pelotas y estaba desesperado por hundirme en mi esposa. Así que la llevé al borde del abismo y luego estimulé su perfecto clítoris y su trasero ajustado.

Cuando su cuerpo dejó de apretarme

el dedo, me senté sobre mis talones y miré a Jacinta. Aprecié su cabello salvaje y sus labios rojos hinchados y abiertos. Un rubor coloreaba su rostro y bajaba hasta las puntas de sus senos. Sus piernas estaban abiertas y los rizos que cubrían su vagina brillaban con la abundante excitación. Incluso sus labios estaban hinchados y abiertos.

Gruñí ante esa vista deliciosa y colocando una mano junto a su cabeza, alineé mi pene y lo empujé profundamente en su entrada. No hubo más preámbulos, porque Jacinta ya no los necesitaba, y yo estaba demasiado ansioso como para esperar un segundo más. Se apretó sobre mí y suspiró un "¡Sí!" mientras la llenaba por completo. No había nada entre nosotros ahora. Nada, ni un centímetro de espacio. La cabeza roma de mi pene golpeó su vientre y cuando empecé a moverme, sus paredes internas se contrajeron a mi alrededor, como para llevarme más hacia adentro y retenerme profundamente.

Esto iba a ser rápido, pues ella estaba demasiado caliente, demasiado apretada y demasiado *mía* como para que retrasara lo inevitable. Mis pelotas se contrajeron y mi semen se derramó cuando los ojos de Jacinta se abrieron de par en par y un grito se alojó en su garganta. Su cuerpo ordeñó el semen de mi cuerpo, lo succionó y lo mantuvo en lo profundo.

JACINTA

Estaba delirando. No tenía ni idea de que podía perder los sentidos por las atenciones de un hombre. No las atenciones de cualquier hombre, sino las de Jackson. Él fue tan atento que me vine no una vez, ni dos, sino tres veces con su boca sobre mi *muy* ansiosa vagina.

Se sintió tan bien, tan bien, que dejé ir mi enfado, mi miedo, mis preocupaciones, todo excepto lo que él me estaba haciendo. Arrancó el placer de mi cuerpo hasta que debilitarme, saciada y perdida. Aun entonces, siguió adelante, empujándome más. Cuando puso su dedo en mi entrada trasera y me dijo cómo me tomaría allí, por un breve momento, solo unos segundos, sentí un poco de miedo y una clara preocupación, pero cuando su dedo se deslizó hacia adentro, no hubo nada más que un placer ardiente. Fue tan impresionante que me vine tan duro y no se me escapó ninguna palabra de los labios. No sabía que pudiera ser así, y la idea de que él me llenara allí con su pene, algún día, sería emocionante.

Los dos respirábamos con dificultad, tratando de recuperarnos del arrebato de hacer el amor inesperadamente. Jackson estaba desplomado sobre mí, sosteniendo su peso en un antebrazo. Su pene seguía incrustado en lo profundo de mí, todavía duro. Sentí que un poco de su semilla se derramaba. Se movió, quedé de espaldas en la cama y con él a mi lado. Agarrando una almohada, la puso debajo de mis caderas y elevó la parte inferior de mi cuerpo para que su semen permaneciera adentro.

—¿Crees que hicimos un bebé esta vez? —pregunté, pasando mi mano sobre su barba suave.

—Absolutamente.

—¿Cómo puedes estar seguro? —pregunté. ¿Había algo sobre hacer bebés que yo no sabía?

—Porque cuando estemos viejos le podremos decir a nuestros nietos que empezamos nuestra familia en el piso de arriba de una cantina—. Dejó su gran mano reposando sobre mi vientre.

—Nadie se imaginaría nunca que Jacinta Lenox pasaría una noche en una cantina.

Jackson me sonrió y me besó la punta de la nariz.

—Oh, amor, nosotros lo sabremos. Yo sabré que tú, Jacinta Reed, eres salvaje y loca, que viniste cargando una pistola lista para reclamar a tu hombre.

—Lo haría de nuevo, Jackson. Lo haría de nuevo.

—Y yo me pondré duro y te follaré de nuevo. Cada vez, amor. Cada vez.

¡RECIBE UN LIBRO GRATIS!

Únete a mi lista de correo electrónico para ser el primero en saber de las nuevas publicaciones, libros gratis, precios especiales y otros premios de la autora.

http://vanessavaleauthor.com/v/ed

ACERCA DE LA AUTORA

Vanessa Vale es la autora más cotizada de *USA Today*, con más de 60 libros y novelas románticas sensuales, incluyendo su popular serie romántica "Bridgewater" y otros romances que involucran chicos malos sin remordimientos, que no solo se enamoran, sino que lo hacen profundamente. Cuando no escribe, Vanessa saborea las locuras de criar dos niños y averiguando cuántos almuerzos se pueden preparar en una olla a presión. A pesar de no ser muy buena con las redes sociales como lo es con sus hijos, adora interactuar con sus lectores.

Facebook: https://www. facebook.com/vanessavaleauthor

Instagram: https://www.instagram.com/vanessa_vale_auth

CPSIA information can be obtained
at www.ICGtesting.com
Printed in the USA
BVHW041409200220
572913BV00009B/528

9 781795 949972